田中芳樹
Yoshiki Tanaka
2023
KODANSHA

contents

装幀　坂野公一（welle design）

装画・口絵　高田明美

走《そう》無《む》常《じょう》

I

午後三時から五時にかけて強い雨が降り、それがしぶとい残暑を一掃《いっそう》したようだ。雨があがると、涼気というより冷気が急速に押しよせて、半袖では寒さを感じるほど極端な秋のはじまりだった。

東京から特急列車で一時間半ほどかかるこの街は、ある県の県庁所在地だが、東と南が平野にのぞみ、西と北に山をひかえている。雨に空気が洗われて、山は青々とした姿を街に近づけたかに見える。

東京方面から走行してきたトラックが駅前の広場にとまると、運転手に礼をいいながらひとりの少年がおりてきた。コットンシャツの上にサマージャンパーをひっかけている。少年を追いぬくように二匹のネコがおりてきて、元気よく走り出した。一匹はクロネコで、一匹はキジネコだ。走り去るトラックを少年は見送って向きなおる。一〇代半ば、中学生か高校生か微《び》妙《みょう》なところだ。前髪が額《ひたい》に落ちかかっている。品のよいおだやかそうな顔だちで、目つきもやさしい。

「金童《きんどう》、銀童《ぎんどう》！」

少年が呼ぶと、二匹のネコは半ば宙を飛んで駆けもどり、足もとから少年を見あげた。

「離れちゃだめじゃないか」

少年は叱《しか》ったのではない。

「お前たちが頼りなんだからさ、離れないでくれよな」

クロネコが「フン」という感じで鼻を鳴らすと、キジネコがなだめるように鳴いた。少年は周囲を見まわし、広場に面して建つ高層のホテルに視線をとめた。ひとつうなずいて歩き出すと、二匹のネコが後になり前《さき》になり少年についていく。入口の回転ドアの近くに立っていた制服姿のドアマンが、ネコの姿を見て、とがめるような表情をした。おかまいなしに少年はドアの横にある掲示板を見やった。

「本間房夫《ほんまふさお》君を励ます会・蘭《らん》の間」

開宴《かいえん》は午後五時からというから、すでに始まっている。県知事、副知事、地元選出の国会議員などの有力者がこぞって参加していることを、少年は知っていた。市民の誰《だれ》もが知っているのだ。本間房夫はそれほどの実力者だった。「県教育界のボス」といわれている。この日、立《りっ》食《しょく》形式のパーティーに出席した者は三〇〇人、会費はひとり五万円ということであった。

「こういう会だとは思いませんでしたな。私はてっきり本間さんの生還と全快を祝う集まりだと思ったから出席させてもらったんですが」

「市長選挙に出馬するための壮行会《そうこうかい》とはね。私たちの立場からしても、あまり政治や選挙にかかわるわけにはいきませんな」

「そこそこに引きあげたほうがよさそうですな」

「そうしましょう、それがよさそうです」

近隣の県の教育関係者たちであろう。困惑したようにささやきあっている。そこから離れた場所では、この県の議員や県庁の部長などが声をひそめあっていた。

「どうも本間先生、このごろやることが強引《ごういん》だな」

「事故にあってからだ。ま、以前から引っこみじあんの人でもなかったがね」

「あせることはない、まだ五〇歳になったばかりで、副知事にだってなれるのに、むりに政治家に転身しなくても」

「むりじゃないさ、いまや勝算《しょうさん》は一〇〇パーセントだ」

「あの事故からもうひと月か。早いもんだな」

それは八月二〇日、暑いさかりのことだった。県の有力者四人を乗せたワンボックスカーが、高原地帯のゴルフ場からの帰途《きと》、峠《とうげ》のバイパスから谷底へ転落したのである。運転手も、助手席にいた代議士秘書も即死した。四人の客のうち三人も即死。ひとりだけが重傷で病院に運ばれたが、けっきょく助からなかった。

病院で死んだのが本間であった。心臓が完全に停止し、死亡が宣告された。ところが生き返ったのだ。

通夜《つや》が翌日の午後六時からということになって、寺に遺体が安置され、関係者があわただしく走りまわる。騒然たる雰囲気《ふんいき》のなかで、それはおこったのである。

「本間さんもさぞ無念だっただろうなあ」

「市長選挙までちょうど半年か。本人は出馬したらかならず当選するつもりだったろう」

「実際のところ、勝算はどうだったんだ」

「対立候補にもよるが、六分四分というところじゃなかったかな。県立校の校長や同窓会長はみんな子分みたいなものだったし」

「これでいまの市長がもう一期つとめることになるのかな」

出席者たちは不意に口を閉ざし、狼狽《ろうばい》して左右を見まわした。ひとりが声をころして、

「おい、変なことをいうもんじゃないよ」

「何だ、いきなり」

「いま気味の悪い声を出したろう。助けてくれとか何とか」

「あんたこそ、死者《ほとけ》の前で悪い冗談はよせ。まだ生きているとか何とか、遺族に聴《きこ》えたらどうするんだ」

彼らは口をつぐみ、柩《ひつぎ》のほうを見やった。同時に口をあけた。口をあけても声は出てこない。柩の蓋が、がたがたと音をたてている。そして、陰々《いんいん》たる、というには怒気《どき》をふくんだ声がくぐもってひびいた。

「助けてくれ、ここから出せ、おれはまだ生きているぞ！」

大騒ぎになった。柩の蓋がはずされると、白い屍衣《しい》をまとった本間房夫が起きあがる。顔は土色をしているが、両眼には光があり、よろめきつつも自力で立ちあがる。ショックで気絶する老人もあらわれ、救急車がサイレンを鳴らして駆けつけてきた……。

「県教育長、奇蹟の生還！」

「臨死《りんし》体験を語る本間教育長」

地元の新聞が書きたて、東京のＴＶ局からもワイドショーの取材陣が駆けつけ、ＳＮＳ上には真偽不明の噂《うわさ》があふれかえって、本間房夫は一躍《いちやく》、時の人になった。本間房夫は県立病院に運ばれたが、めんどうな検査のかずかずを拒否して、一日で退院してしまった。担当医は「奇蹟です」と、取材陣に対して声をうわずらせ、くわしい医学上の説明は避《さ》けた。

退院した直後、本間房夫は駅前のホテルで記者会見を開き、「いまのお気持は？」と問うレポーターに、張りのある声で答えた。

「私は文字どおり生まれ変わりました。天に与えられた生命を、国と社会のために投げ出そうと思います」

彼は県知事に辞表を提出し、県庁のおかれた市の市長選挙に出馬を表明した。精力的に準備をすすめ、今日のパーティーにまでこぎつけたのである。

「対立候補が誰《だれ》だろうと、市長選挙は本間さんの勝ちだな」

現在の市長も、情勢をさぐって、他に方途《みち》はないと見きわめた。彼は記者会見で引退を表明し、「後継者に本間房夫氏を推《お》す」と述《の》べた。おどろくべきスピードで事態はすすんだのである。

すでに乾杯《かんぱい》も終わり、出席者がいれかわりたちかわりマイクの前で祝辞を述べていた。知事に市長、県会議長に市会議長、国会議員に地元の新聞社の社長、いずれも口をきわめて本間の功績と人格をほめたたえ、市長にふさわしいと持ちあげる。眉《まゆ》の太い、眼光の鋭《するど》い、あごの張ったエネルギッシュな容貌《ようぼう》の本間は、たくましい身体《からだ》を英国製《イギリス》のスーツにつつみ、堂々たる態度で席に着き、オードブルに手をつけようとしていた。不意にその表情が変わった。澄《す》みきった鈴の音《ね》がどこかからひびいたのだ。人々が、おや、という表情になる。

ふたたび鈴の音がひびく。本間のにぎったフォークが皿にぶつかり、非音楽的な音をたてた。周囲の人々が不審の視線を本間にそそぐ。

「誰だ、悪ふざけしとるのは!?」

ついに皿とフォークを床に投げ出して、本間はどなった。顔色は粘土《ねんど》色に変わり、全身が慄《ふる》えている。眼鏡《めがね》をかけた若い市会議員がおそるおそる問いかけた。

「悪ふざけとは何のことですか、本間先生」

「あ、あの音だ。鈴の音だ！　赦《ゆる》せんじゃないか、あんな音をたてて、せっかくのパーティーを妨害するとは、けしからん！」

若い市会議員は眉をしかめた。多くの人がそれに倣《なら》った。爆竹《ばくちく》を鳴らしたりメガホンを使って絶叫したりするわけではない。たかが鈴の音だ。そのていどのことで逆上し、怒号《どごう》するとは、この男はよほど精神が不安定なのではないか。

「あら、本間先生は鈴の音がおきらいですの？」

和服姿の中年女性が問う。市のＰＴＡ連合会の会長で、子供を持つ主婦たちに対する影響力は絶大だ。市長選にあたって、候補者が絶対に無視できない実力者であった。だからこそ本間の近くにいるし、本間も鄭重《ていちょう》に応対《おうたい》している。いるはずだが、誰の予想もくつがえすことがおこった。本間はその女性に、食い殺しそうな視線を向けて舌打ちすると、椅子《いす》を押しのけて立ちあがり、床を踏み鳴らして歩き出したのだ。立ちつくす招待客たちを無視して。

みたび鈴の音がひびく。本間の全身に鳥肌《とりはだ》がたった。だが本間は、歩みをとめない。あたかもその音に招き寄せられていくかのようだ。あわてて追いかける秘書や選挙運動員たちを振りはらうように足を速める。秘書の手が腕に触《ふ》れたとたん、本間は上半身をひるがえして平手打《スパンク》ちを放《はな》った。したたか頬《ほお》を張られて秘書が吹っ飛ぶ。

呆然《ぼうぜん》と立ちつくす人々の視線を、荒々しく開いて閉じたドアがさえぎった。

廊下《ろうか》に出た本間は、殺気に満ちた視線でにらみつけた。ネコを二匹つれた少年が立っている。その左手に鈴があった。本間が大股《おおまた》に近づくと、少年は背中に隠《かく》していた右手を突き出した。柄《え》のついた、長径三〇センチほどの楕円形《だえんけい》の鏡が、本間の顔を正面から映《うつ》し出《だ》す。

本間の口から絶叫が放たれた。

Ⅱ

もうすこし無難《ぶなん》にやってのけることができなかったものか。

反省しつつ少年はホテルの廊下を駆けた。二匹のネコが前になり後になって、ともに走る。背後では、だいじなパーティーの主役を絶叫させた闖入者《ちんにゅうしゃ》を追って、怒号《どごう》と靴音がひびいていた。

「対立陣営のいやがらせだ」

「スパイだぞ」

という声が背中にあたって弾《はじ》けた。とんだ誤解だが、そういう風《ふう》にしか考えることのできない人々のパーティーなのだ。

「こっち、こっち！」

不意にそういう声がして、半開きのドアから誰《だれ》かが少年を手招《てまね》きした。少年は一瞬ためらったが、二匹のネコが彼より迅速《すばや》くドアのなかへすべりこむと、あわてて自分もそうした。そこは何かの控《ひか》え室《しつ》で、セミロングの髪をした、少年と同い年ぐらいの少女が、彼を正面から見つめていた。とりあえず礼をいってから、少年は尋《たず》ねた。

「どなたですか？」

「本間房夫《ほんまふさお》の娘。美冬《みふゆ》というの。よろしく」

「ああ、それはどうも」

当惑した声である。少年は表情と言葉との選択に迷っているようであった。少女は県下随一《ずいいち》の名門校といわれる女子高校の制服を着ていたが、そこまでは少年にはわからない。

「何だかおもしろいことをやったみたいね」

「さあ、おもしろいかどうか」

「いいの、父がいやがるならおもしろいことに決まってるわ」

「…………」

「それで、このネコたちはあなたの手下なの？」

少年が答えるより早く、クロネコのほうが憤慨《ふんがい》したようなうなり声をあげた。キジネコのほうは、おだやかな表情ながら、ゆっくりと頭を横に振る。二匹とも人語《じんご》を解することは明らかだった。

「ちがうちがう、そんなことをいったらこの子たちが気を悪くするよ」

「そうみたいね。仲間なの、対等の？」

「うーん、というより先輩でお目つけ役」

少年は苦笑した。ドアをあけ、廊下に誰もいないことをたしかめて廊下に出ながら言葉をつづける。

「ぼくが新人で頼りないもので、コーチしてくれてるんだ」

「何の新人？」

クロネコの黒い尻尾《しっぽ》が動いて、少年の肢《あし》を軽くひっぱたいた。もういちど少年が笑って肩をすくめる。

「それ以上よけいなことをしゃべるなって金童《きんどう》がいってる。ごめん」

「ずるい」

「え？」

「つごうが悪くなるとネコのせいにするのね」

「そうか、たしかにずるいね」

まじめくさって少年はうなずいた。

「でも実際しゃべるわけにはいかないんだ。だいたいこれだけしゃべっただけでも充分まずいんだから」

そのとおり、とばかり二匹のネコがうなずく。さらに美冬が何かいおうとすると、少年は、指をあげて彼女の肩ごしに何かを指《さ》した。思わず振り向いた美冬の目に、駆け寄ってくる父の秘書たちの姿が見えた。

「お嬢さん、ここにおいででしたか。お父さまがご帰宅なさいます。お嬢さんもどうぞお車へ」

ふたたび美冬が振り向いたとき、少年とネコたちの姿は消えていた。

……一時間後、市内の高級住宅街にある本間房夫の邸宅の前に、少年は立っていた。夜空には月が出ている。あと二、三日で満月だ。金童という名のクロネコに何か指示して塀《へい》の上に押しあげると、少年はキジネコに声をかけた。

「銀童《ぎんどう》には別の仕事があるからね」

いいながら少年は、あらためて本間房夫の邸宅をながめやった。東京より地価が安いのは当然としても、ずいぶんと豪壮な邸宅だ。敷地だけで、五〇メートル四方はある。それが高さ二五〇センチほどもある大谷石《おおやいし》の塀にかこまれており、和洋折衷《せっちゅう》の建物は屋根しか見えないが、大きくてりっぱなものであることは疑いようがなかった。鉄づくりの門扉《もんぴ》の向こうから人や犬の声が聴《きこ》える。複数のガードマンと番犬がいるのだ。

「何かをよほど恐れているらしいね」

少年が話しかけると、銀童と呼ばれたキジネコはうなずいた。少年が手を差しのべると、ふわりと音もなく、それにとびのる。少年は銀童を抱き、街灯の光から死角になる路地の蔭《かげ》にたたずんだ。

その間、金童のほうは、高い長い塀の上を走っている。走りつつ、屋敷の庭に視線を向けていたが、ガードマンたちの姿が見えないあたりに来ると、しばしようすをうかがってから芝生《しばふ》の上にとびおりた。数歩走って、一階の出窓の屋根にとびあがる。おどろくべき跳躍力《ちょうやくりょく》であった。

金童は漆黒《しっこく》の姿をしなやかに闇に溶《と》けこませ、頭をさかさにして屋内のようすをうかがった。金色の瞳が、内部に灯火をともしたように妖《あや》しくかがやく。そのかがやきが強くなったとき、金童の視界からカーテンが薄れて消えた。金童の視線が物質を透過して屋内を走査《そうさ》する。このとき金童が見た光景は、銀童の視界へと転送され、銀童は離れた場所で金童と同じ光景を見ることができる。

問題は人間だ。少年は銀童の身体《からだ》に触《ふ》れることで、はじめて金童の視界から送られてくる光景を見ることができる。触れないとだめなのだ。女の子に対しては不必要なことをしゃべってしまうし、金童や銀童にくらべると、何とも役に立たない。これを一人前に育てるのは楽じゃないぞ、と、金童は思う。

少女の姿が見えた。金童は彼女が何者か知っている。本間房夫の娘で美冬という名だ。彼女はこの屋敷の主人格であるはずだが、とっているのは奇妙な行動だった。ごく初歩の盗聴行為。応接室の厚いドアにガラスのコップを押しあて、耳をあてている。応接室のなかにいる父と客の会話を盗《ぬす》み聴《ぎ》きしているのだ。

もともと美冬は父がたいして好きではなかった。有能というよりは辣腕《らつわん》の公務員で、県教育界のボスといわれ、えらいはずの校長先生が美冬の父に対しては卑屈《ひくつ》に頭をさげる。

「県立大学の学長だなんていったって、おれの胸三寸《むねさんずん》でどうにでもなるんだ。学者だの教師だのといった連中は、教室でいばっているだけのしようもない奴らだ」

そう自慢する父を、美冬は好きになれなかった。父は家庭をかえりみなかった。妻、つまり美冬の母に対しては横暴をきわめていた。妻の実家の財産を自分の思うままに動かせるようになると、妻の両親を遠くの老人ホームに追いやり、妻には殴《なぐ》る蹴《け》るの暴力をふるって何度も入院させた。美冬には高価なピアノを与え、家庭教師やメイドをつけ、形だけは気前のよい父親をよそおった。いずれ有力な名家と姻戚《いんせき》になる道具だと思っているからだ。

この夜、本間邸をおとずれた客を美冬は知っており、用件が気になっていた。

それはもと県立高校の物理の教師で、小宮山《こみやま》といった。三〇代半ばの独身男性で、複数の女子高校生と関係して免職《めんしょく》処分を受けたのだ。「物理の単位がとれないと進級できんぞ。どうする気だ」と脅《おど》して関係を結ばせるという悪質さだった。その人物が本間の邸宅をひそかに訪ねてきたのである。

「復職《ふくしょく》したいだって？」

イタリア製の肘《ひじ》かけ椅子《いす》に脚を組んですわった本間の声は、ドライアイスさながら、冷たく乾《かわ》いている。卑屈《ひくつ》に小宮山は腰をかがめた。

「私はべつに財産もない身でして、働かなくては食べていけません。手に職もないので、また教師をやりたいと思いまして」

「君、冗談《じょうだん》をいっちゃいかんよ。あんな破廉恥《ハレンチ》をやらかしておいて復職しようなんてずうずうしいと思わんのかね」

「県立高校にもどれるとは思っていません。本間先生のお力で、どこぞの私立高校に押しこんでいただけませんか。県外でもけっこうです。いえ、むしろそのほうがありがたいのですが」

わざとらしく声をたてて、本間は笑った。

「君、教師をやっていたくせに、日本語がわからんのかね。ずうずうしい、と私はいったんだよ。話にならん、帰りなさい」

「どうしてもだめですか」

「当然だ」

本間を見習ったわけでもないだろうが、わざとらしく小宮山は溜息《ためいき》をつき、口もとをゆがめた。

「それではしかたありません。上納金《じょうのうきん》の件は東京の週刊誌にでも持ちこむことにしましょう。情報の持ちこみを歓迎してくれますのでね。おいそがしいところ、おじゃましました」

ゆっくりとソファーから立ちあがり、ゆっくりと一礼する。本間が「待て」というのを露骨《ろこつ》に誘っていた。それと承知で、本間はにがにがしく「待て」というしかなかった。

「何でしょうか」

「それを尋《き》きたいのはこちらだ。上納金とは何のことだ」

「論より証拠、ここに偽《にせ》の領収書が何枚もあります。これをコピーしてとどければ、週刊誌は大騒ぎしてくれますよ」

沈黙は一分近くもつづいた。

「……私立の学校でいいんだな」

「できるなら女子校がいいですね」

勝《か》ち誇《ほこ》った小宮山は薄笑いを浮かべ、本間の顔にすくいあげるような視線を放《はな》った。

「ま、給料のほうは期待していませんが、すこしばかり本間先生のおこぼれにあずかりたいものですなあ。月に三〇万円、一日たった一万円でけっこうです。三ヵ月ごとに私の口座に振りこんで下さい」

「ずうずうしすぎると思わんか」

「安いものじゃありませんか。それで市長の椅子が買えるんだから。勲章《くんしょう》だってもらえますよ。本間先生は県教育界の大功労者ですからね」

小宮山は笑う。彼が県立高校の教師であったころ、本間は雲の上のおえらがただった。だがいまや小宮山のほうが優位に立っている。

小宮山は自分で自分に死刑を宣告したのだ。その事実を彼自身は知らず、勝利感のバラ色の海をただよっていた。

Ⅲ

「上納金《じょうのうきん》」とは何のことだろう。美冬《みふゆ》はその言葉を聞いたことがあり、いちおうは意味も知っていた。だが、彼女の父はずっと教育行政にたずさわってきたまともな社会人である。上納金などというのはマフィアや暴力団の世界で使われる言葉のはずだった。

「トイレはどこですか」

小宮山《こみやま》の声がひびき、スリッパをひきずる足音が近づいたので、美冬はすばやくドアの前を離れ、廊下《ろうか》の角をまがって姿を隠《かく》した。一秒未満の差で小宮山がドアをあけ、表情に過剰《かじょう》な自信をたたえて応接室から出る。その背中に、本間《ほんま》が憎悪《ぞうお》にみちた視線の槍《やり》を突き刺した。

クロネコの金童《きんどう》は、すべてを見とどけると、音もなく芝生《しばふ》の上に降りたった。二歩ほどあゆんだとき、横あいからすさまじいうなり声が聴《きこ》えた。

金童の瞳に映ったのは、獰猛《どうもう》きわまる犬の姿である。ドーベルマンが三頭、白い牙《きば》をむき出し、赤黒い長い舌《した》をひらめかせ、生意気な侵入者を八《や》つ裂《ざ》きにしようと躍《おど》り寄《よ》ってくるのだ。屋内を透視するため全神経を集中させていたので、金童は犬に気がつかなかったのである。金童は全速力で逃げ出した。

離れた場所にいたガードマンたちが、犬の咆哮《ほうこう》に気づいた。特殊警棒《けいぼう》をにぎりなおし、走って建物の角を曲がる。つぎの瞬間。

ガードマンたちは仰天《ぎょうてん》した。青いチャイナドレスを着た美女が、深いスリットから長い優美な肢《あし》をのぞかせて必死に走ってくる。そのすぐ後ろに、三頭のドーベルマンが追いすがっていた。容赦《ようしゃ》なく、八つ裂きにしてくれようというかまえだ。

「助けて！」

という声を、ガードマンたちは聴いた、ように思った。彼らは特殊警棒を振りかざして躍り出《で》た。チャイナドレスを着た美女は、不思議《ふしぎ》な金色の瞳に感謝の色を浮かべた、ようにガードマンたちは思った。彼らは勇気凜々《りんりん》、美女と猛犬《もうけん》の間に立ちはだかった。

「このバカ犬ども！　何ということをするんだ。静まれ、動くな、おとなしくせんか！」

きびしい訓練を受けた三頭のドーベルマンは、芝生をつかむように急停止した。激しいうなり声は、抗議と不満をあらわすものだった。猛犬たちはガードマンを見あげ、彼らの身体《からだ》ごしに美女の姿を確認しようとした。ガードマンたちは、懸命《けんめい》にドーベルマンたちを叱《しか》りつけ、警棒をかざして威嚇《いかく》しながら、首輪をつかんで抑《おさ》えつけた。

「お嬢さん、もう大丈夫ですから」

振り向いたガードマンたちの目に映《うつ》ったのは、信じられない光景だった。チャイナドレスの美女は塀《へい》に向かって走り、跳躍《ちょうやく》した。ほとんど音もたてない軽捷《けいしょう》さ柔軟さで、高さ二五〇センチの塀の上にとびあがり、ちらりとガードマンたちを見やると、塀の向こう側に姿を消してしまったのだ。

いくら美女に甘い男たちでも、事態が尋常《じんじょう》でないことはわかる。たっぷり二秒間の凍結《とうけつ》から解放されると、ひとりはあわてて携帯電話を取り出し、ふたりは塀に向かって走り出した。

「それ見たことか」といわんばかりの咆哮をあげながら、ドーベルマンたちも走り出す。

　鉄づくりの門のあたりで、仲間のガードマン四、五人が右往左往《うおうさおう》していた。彼らはあやしい人影を見て追いかけたのだが、すぐに見失ってしまったのである。ガードマンのチーフが彼らを集めて、何とか目撃証言をまとめた。

「黒いショートカットの髪と不思議な金色の瞳をしたすごい美女。深いスリットのはいったチャイナドレスを着ていた。ドレスは青い絹《シルク》で、金糸で竜の姿が刺繍《ししゅう》されていた」

「茶色っぽい肩下までの髪と、銀色の瞳をした、やはりすごい美女。同じく深いスリットのはいったチャイナドレスは紅《あか》い絹。銀糸で鳳凰《ほうおう》の姿が刺繍されていた」

「黒い髪の若い男。青い絹の中国服の上下を着ていた。刺繍は金糸の竜」

「茶色っぽい髪の若い男。紅い絹の中国服の上下。刺繍は銀糸の鳳凰」

「金色の瞳をした黒いネコ」

「銀色の瞳をしたキジネコ」

「サマージャンパーを着た中学生か高校生のガキ」

　夜だというのに、とくに女性に関する証言が精密なのは、ガードマンたちの執念というものだろう。だが彼らは中国服の若い男の姿はまったく見ていない。彼らの姿を見たのは、たまたま近くを通りかかった帰宅途中のＯＬだった。そしてＯＬのほうは、チャイナドレスの美女などまったく見ていないというのだった。

　これらの証言を総合すると、この夜、本間邸の周辺には五人の人間と二匹のネコがいたことになる。だが全員の姿を同時に確認した者はいなかった。何やら得体《えたい》の知れない奴らが本間邸の周辺に出没している。そのことだけは確かだったので、ガードマンのチーフが本間房夫におうかがいをたてた。さらにガードマンの数を増やして警備を強化し、同時に、警察に通報しようか、というのである。

「その必要はない」

　というのが、本間の返答だった。

「いま来客中だし、むやみに騒がんでよろしい。べつに実害もなかったことだし、チャイナドレスの女がどうとかいうたわけた話を、警察が信じると思うか？」

　チーフは抗弁《こうべん》しようとしたが、玄関ホールに立った本間はうるさげに手を振って黙《だま》らせ、今夜はもう引きとるように命じた。不満ではあっても、顧客《こきゃく》にはさからえない。せいぜい戸締《とじま》りにご用心を、と嫌《いや》みをいって、全員、自動車で引きあげた。これが午後十一時すぎである。

「……帰ったわ、もう大丈夫よ」

　一階の自室の窓辺でそういったのは、本間美冬である。ぬいだ靴を両手に持って、少年は「どうも」と頭をさげた。ひと晩に二回もかくまってもらったわけだ。金童と銀童《ぎんどう》が低く鳴いたのも、お礼のつもりらしい。

「さて、すこしは事情を話してくれる？」

少年は二匹のネコを見やったあと、決心したようにうなずいた。

「八月二〇日の事故をおぼえているよね」

「もちろん」

「あの事故で君のお父さんは亡《な》くなったんだよ」

「みんなそう思った。でも生きてたのよね」

不思議な瞳で、少年は美冬を見返した。

「いや、君のお父さんはやっぱり亡くなっていたんだ」

「死んでから生き返った、ということなら、みんな知ってるわ」

「そうじゃない」

少年は頭《かぶり》を振った。どのように表現したらよいだろう、と、しばらく思案《しあん》するようすだったが、やがて口を開く。

「あれは死者が生き返ったふりをしているんだ」

「どういうことよ」

「つまり君のお父さんは幽霊なんだ。肉体を持った幽霊なんだよ」

自分のひきつった笑い声を美冬は聴《き》いた。

「あなた、頭がおかしいんじゃない？　本気でいってるの？　だいたい、あなた何者なの？」

たてつづけの質問に、少年は困惑の微笑《びしょう》を浮かべた。右の足もとにいるクロネコの金童が、少年を見あげる。キジネコの銀童のほうは美冬を見つめる。その瞳から放《はな》たれる視線が、銀色の鎖《くさり》となって美冬をからめとり、たじろがせた。不安が水位を高めてくる。彼女の表情を見て、今度は少年が問いかけた。

「君はお父さんがお客と話していることを聴いただろ？」

「上納金《じょうのうきん》……のこと？」

「そう」

あっさり少年がうなずいたので、美冬は、自分が立ち聞きしていたことをなぜ知られたのか、尋《き》きそこねてしまった。

淡々《たんたん》と、少年は説明をはじめた。

「つまりね、県立の学校には県の予算がつく。一年間に何千万とか何億とかいう金額だ。それは体育館を建てたり、校舎を修理したり、化学の実験器具や図書室の本を買ったりするためのお金銭《かね》なんだけど……」

役人の世界には「カラ出張」とか「カラ宴会」とかいう言葉がある。出張した、ということにしてじつは出張せず、その費用をこっそり貯《た》めこむ。みんなで慰労会《いろうかい》をやった、ということにして、じつは実行せず、その費用を貯めこむ。こうして貯めこんだ金銭を「裏金《ウラガネ》」というが、それを学校は県の教育庁に上納する。ひとつの学校だとたいした金額ではないが、「塵《ちり》もつもれば山となる」で、県の教育庁には一年間に六億円もの大金が集まる。教育庁の幹部たちは、そのうち五〇パーセントを、それぞれの学校に返す。それは本来の目的に使われたり、校長や教頭のふところにはいったりする。残り五〇パーセントは、教育庁の幹部たちが分配する。教育庁の幹部たちは、何もしないで、秘密の大金を手に入れるというわけだ。

暴力団もあきれるほど悪質な金銭《かね》もうけのシステムは、何年間もつづいていた。ある学校からの上納金がすくないと、その学校の予算は減《へ》らされ、校長や教頭はそれ以上、出世できなくなる。必死になって、一円でも多くの上納金を差し出すわけだ。

このシステムの中枢《ちゅうすう》にいるのが、教育長の本間だった。残された三億円の裏金は、彼がしっかりにぎっている。一億円をおもだった部下に分配し、一億円を政治家や県の教育委員や文科省の役人に献金《けんきん》し、最後の一億円は自分が好きほうだいに費《つか》っていた。地元であまり豪遊するとまずいので、東京に出かけて銀座《ぎんざ》や赤坂《あかさか》で遊びまわっていたのだ。父が遊びまわっていることを、美冬は知っていたが、その財源にまでは考えおよばなかった。事情を知らずに不思議がる人たちもいた。

「教育長の給料なんてそう高いものでもないのに、何で本間さんはあんなに羽振《はぶ》りがいいのかね。奥さんの実家がよほど資産家なのかな」

と、他の県の教育長たちが首をかしげたほどである。本間は遊びはしたが、むだな遊びはしなかった。県知事、国会議員、地元の新聞社の社長などの有力者をつぎつぎと取りこんでいったのだ。事故の直前、彼は県教育界のボスになりおおせ、つぎの段階《ステップ》に向けて着々と手を打っていた……。

少年が口を閉ざす。話を聞き終えて、美冬はわざとらしくひとつ咳《せき》をした。

「おもしろい話ね。でもどうしてあなたがそんなもっともらしい話を知ってるのよ」

「本人が告白してるんだよ」

「どこで」

「陰《いん》」といいかけて、少年は、慎重《しんちょう》にいいなおした。

「調査官の前で」

「いつ？」

「死んだ後に」

そう答える少年を、美冬は笑いとばそうとした。できなかった。少年は意を決したように、ふたたび語りはじめる。すべての事情を。

Ⅳ

小宮山《こみやま》はバラ色の海をただよいつづけていた。

背広の内ポケットには一〇〇万円の札束がおさまったところだし、応接テーブルの上にはナポレオンの瓶《びん》とキャビアの缶詰《かんづめ》。これほど脅迫《きょうはく》がうまくいくとは思わなかった。彼が「上納《じょうのう》金《きん》」という名詞を口にするまで、本間《ほんま》は傲慢不遜《ごうまんふそん》をきわめていたのに、その後は態度を豹変《ひょうへん》させた。小宮山が出した条件をすべて呑《の》み、前渡し金として一〇〇万円を差し出し、ナポレオンとキャビアをすすめるありさまだ。

小宮山は成功の甘美な香りに舞いあがり、すすめられるままにナポレオンをあおった。

「いや、本間先生はさすが大物ですな。じつに話がわかる。私もね、恩知らずな人間ではありません。何かとお役に立つつもりでおりますからね、頼りにして下さいよ……」

アルコールに漬《つ》かった舌でしゃべるうち、意識が遠のきはじめた。柱時計が十二時を告げたとき、彼は完全に酔いつぶれ、ソファーから半ばずり落ちて濁《にご》ったいびきをかいていた。本間は憎悪《ぞうお》と軽蔑《けいべつ》の目で小宮山を見おろし、かがみこんでゆっくりと彼のネクタイをほどいた。あらためてそれを小宮山の咽喉《のど》に巻きつける。ひとつ大きく呼吸してから、全身の力をこめてネクタイの両端を引っぱった。小宮山が奇妙なうめき声をあげた、そのとき。

静かな声がした。

「死者が生者を殺したのでは、陰陽両界《いんようりょうかい》の秩序が乱れすぎますよ」

本間の視線がドアの方向へ動く。開かれたドアはすぐにふたたび閉ざされて、サマージャンパー姿の少年がそこに立っていた。足もとでは二匹のネコが、少年の左右を守るように尻尾《しっぽ》を立てている。

本間はネクタイから手を離し、小宮山の身体《からだ》を踏みつけるように立ちあがった。

「……さっきホテルにいた孺子《こぞう》だな。ここへ何しに来た」

小宮山が床にへたりこむのを無視して、詰問《きつもん》をかさねる。

「さっきホテルでおれに見せた鏡は何だ？　妙なものを持ち歩いとるな」

「あれは顕真玉鏡《けんしんぎょくきょう》です。あれに映るのは、覗《のぞ》きこんだ者の真の姿です。あなたはもう皮膚も肉も朽《く》ちはてていたでしょう？」

「何を……くだらん」

「あなたはもう亡《な》くなっているんです。ご自分でわかっているでしょう？　自然の摂理《せつり》に反しているということを」

どなろうとして、本間はかるく咳《せ》きこみ、今度は声を押しころした。

「お前は、お前は陰曹官《いんそうかん》か。あの世からおれを追ってきたのか」

「陰曹官なんて言葉をよくご存じですね」

少年がおちついて指摘《してき》すると、本間の顔に狼狽《ろうばい》の色が走った。

「語るに落ちた、というところかな。普通の人はそんな言葉まず知りませんよ。あなたが冥府《めいふ》から逃亡した死者だという証拠ですね」

「やはり陰曹官なんだな！」

「ちがいます。ぼくはそんなにえらくない。単なる使い走りです。陰曹官は陽界《ようかい》、つまり生きた人間の世界には来られないので、ぼくみたいな人間を雇《やと》うんですよ」

「するとお前は何者だ」

「走無常《そうむじょう》といいます」

「日本人じゃないのか」

「本名は別にあります。これは、ええと、役目の名前です」

さりげなく本間は少年に近づいていく。少年はこれもさりげなくポケットに手をいれた。

「あなたが生きた人間なら、どんな悪事をはたらこうと、ぼくが出張してくる必要はないんです。あなたを逮捕《たいほ》したり裁《さば》いたりするのは、陽界《ようかい》の警察や裁判所の仕事だから。でも、陰界《いんかい》と陽界との均衡《きんこう》がくずれたり、法則がねじ曲げられたりしたら、ぼくのところに陰曹官から指示がくるんですよ」

「どんな指示だ？」

「もちろん、陰陽《いんよう》両界の秩序を守れ、と——」

いいおわらず、少年はとびすさった。躍《おど》りかかった本間が少年の襟首《えりくび》をつかもうとしたのだ。本間の指は空《くう》をつかんだ。二匹のネコが全身の毛をさかだてた。

「僵屍発兇《きょうしはっきょう》——！」

そう叫んだのは誰《だれ》の声かわからない。

少年の手から何かが飛んだ。白い小さな粒《つぶ》がぱらぱらと音をたてて本間の身体《からだ》にあたる。それはただの米粒にすぎなかったのに、本間の口から苦痛と憤怒《ふんぬ》のうなり声が洩《も》れた。顔や手など、米粒が直接あたった箇処《かしょ》から、細く白い煙《けむり》が立ちのぼる。少年をにらんだ両眼は赤く煮《に》えたぎっていたが、同時に、怯《ひる》む色も見えた。

「へえ、ほんとに米粒が効《き》くんだ」

少年は感心した。教わったとおりである。だが感心している場合ではなかった。

身体の各処《あちこち》から白い煙をたてながら、本間は小走りに壁に向かった。本間の趣味のひとつは狩猟《ハンティング》だ。壁には英国《イギリス》製の、一丁四〇〇万円もするダブル・ライフルが飾ってある。荒々しい手つきで、本間は銃身をつかんだ。両眼に殺意を沸騰《ふっとう》させながら、銃口を少年に向ける。銃声をたてたらまずい、というていどの理性すら失ってしまったようだ。生者をよそおう死者は、まず生命に対する妄執《もうしゅう》があり、時がたつにつれ理性は磨滅《まめつ》して妄執だけが残る。これまた少年が教わったとおりで、これまた感心している場合ではなかった。

左右の足もとで二匹のネコが声をあげる。教わったとおりに早くしろ、といっているのだ。少年はサマージャンパーの内ポケットに手を突っこんだ。金童《きんどう》と銀童《ぎんどう》を見る余裕もない。

「急急如律令《きゅうきゅうじょりつりょう》！」

そう叫んで突き出した牌《ふだ》には、「北陰酆都《ほくいんほうと》大帝《たいてい》勅令《ちょくれい》七十五司判官《しはんがん》」と記してある。目に見えぬ閃光《せんこう》がほとばしって本間の手もとを打つと、ダブル・ライフルが床に落ちて鈍《にぶ》い音をたてた。本間の顔が恐怖と狼狽《ろうばい》にゆがむ。

「北陰神帝《ほくいんしんてい》の廷《てい》有《あ》りて、太陰《たいいん》の黒簿《こくぼ》、鬼霊《きれい》を囚《とら》え且《か》つ罪を断《だん》ず。佯陽《ようよう》の気を解《と》きて純陰《じゅんいん》の気に帰れ！　勅令《ちょくれい》である！」

暗記した台詞《せりふ》を一気にとなえると、少年は手首をひるがえした。その手から牌が一直線に飛んで、本間の顔に音をたてて貼《は》りつく。額《ひたい》から眉間《みけん》、鼻、口にいたるまで縦《たて》に貼りついたのだ。本間の表情が激変《げきへん》した。恐怖に頰《ほお》をひきつらせ、絶叫を放《はな》とうとしたが、口の中央を牌にふさがれ、口を開くことができない。声も出せず、本間はのけぞり、積《つ》み木《き》がくずれるように床に倒《たお》れた。倒れた瞬間、皮膚がはじけ、肉が剝《は》がれ落《お》ちた。その下から骨があらわれる。

少年は呼吸をととのえつつ後退し、数秒のうちに朽《く》ちはてていく死体を見つめていた。

「金華猫《きんかびょう》というのはネコの一種でね」

少年が美冬に説明する。美冬の部屋の窓枠《まどわく》に腰をおろして、靴をはきながらのことだ。

「金華猫は人間に化《ば》けることができるんだ。それも、女性の前では美男に化けるし、男性の前では美女に化ける」

本間美冬はこわばった表情で、二匹のネコを見やった。

「つまりこの子たちね」

「そういうこと。ぼくの他に四人の人間と二匹のネコが出没しているように見えたけど、じつは二匹のネコがいただけなんだ」

少年は靴をはきおえた。

「ぼくのこと、憎《にく》いだろうね」

「そんなことはないわ」

「まあ憎まれるのが当然だけど……」

「憎んでないって。あなたを憎むのは、人が死ぬという事実を認めないってことでしょ。父さんはかわいそうだけど、自然の摂理《せつり》に反するほうがよほどかわいそうだってこと、見てててよくわかったもの。それより、あたしを処分しないの？」

「処分？」

「たとえば記憶を消すとか……あたしの見聞きしたこと、しゃべられたら困るでしょ？」

「まいったな、そんなことはしないよ」

「どうして⁉」

「しゃべっても誰《だれ》も信じないからね」

少年は笑っていい、その意見に賛同するかのようにネコたちがうなずく。さらに少年はつけ加えた。

「ぼくがTV番組に出演したら、どこかの大学の先生が、一〇分以内に証明してくれるよ。ぼくが虚言症《きょげんしょう》か、詐欺師《さぎし》であることをね」

「そう思われてもいいの？」

「どう思われても別にかまわない。早く一人前になって、このふたりに迷惑をかけないようにしないとね」

ネコたちを「ふたり」と少年は呼び、窓の外にとびおりると、やや表情をあらためて、かるく片手をあげた。

「じゃあ、さよなら。いろいろ迷惑かけてごめんよ」

まわれ右すると、二匹のネコもそれに倣《なら》った。暗い庭を歩き去るとき、銀童だけがちらりと美冬をかえりみたが、すぐ闇に溶けこんで、冥府《めいふ》からの使者たちの姿は見えなくなった。

美冬は部屋を出て、玄関ホールの電話に向かった。客とともに応接室にはいったきりの父のようすがおかしい。そう警察に通報するのが、ひと月前に死んだ父親に対する子としての義務であった。

——人にして冥府の公用を務《つと》める者あり。
走無常《そうむじょう》と称《い》う。

清《しん》・紀昀《きいん》「灤陽消夏録《らんようしょうかろく》」より

走無常2

緑《りょく》毛《もう》鬼《き》

I

JR中央線の吉祥寺《きちじょうじ》駅を南口に出ると、水と緑の美しい井《い》の頭《かしら》公園までは歩いて五分ほどの距離である。その途中、低層のマンションやブティックや喫茶店が並ぶ一角に、イギリスからの輸入雑貨を売る小さな店ができた。

店の名は「二人の女王《ツー・クイーンズ》」。店名の由来については、ショートカットの髪、形のいい鼻に眼鏡《めがね》をかけて、ハイネックのセーターの胸に一ペニー銅貨のペンダントをぶらさげた若い女主人《ミストレス》が説明してくれる。イングランドのエリザベス女王とスコットランドのメアリ女王とからとった店名だ、と、ふたりの女子大生のお客に説明した若い女主人は、何やら思い出したようすで、指先をあごにあてた。

「井の頭公園といえば、そうかあ、もうあれから何年になるかなあ、早いものね」

「え、あれって何ですか？」

「もちろんあのバラバラ事件よ。ほら、近所のサラリーマンが殺されて、死体を切断されて、井の頭公園のゴミ箱に放りこまれてたって事件、あれまだ犯人がつかまってないのよねえ」

観光客は知らない、地元住民は忘れたい過去の怪事件を、若い女主人はいかにも楽しそうに弁《べん》じたてる。女子大生たちは目に見えてたじろいだ。そんなことがあったとは知らなかった、犯人がつかまってないというのは不安だな、いくのやめようか。そういう心の動きが表情に浮かびあがる。

店の奥で商品にハタキをかけていた人物が、ちらりとそのようすをうかがった。一五歳くらいの、育ちのよさそうな少年だ。

「ま、そんなことより、どうぞ当店《うち》の自慢の品ぞろえ、見てくださらない？　こんな品、あつかってるのは、吉祥寺でも当店だけよ。値段も勉強してあるし、見るだけでも見ていってちょうだい」

女主人が客を店の奥へと手招きする。少年は小さく肩をすくめて、ハタキを動かしつづけた。その足もと、オークをフローリングした床の上に、二匹のネコが丸くなっている。

意欲充分な女主人は、商品の前で得々《とくとく》と説明をはじめた。

「これはロンドン塔の名物、ペーパークラフトの断頭台《だんとうだい》です。この小さなハンドルをまわすと、死刑執行人のかまえている斧《おの》が振りおろされて、ほら、死刑囚の首がころりと落ちるんですよ。首の断り口まで、リアルによくできてるでしょ？」

女子大生たちは一歩さがった。ペーパークラフトの断頭台から視線をそらし、肩ごしにドアをながめやる。

「あ、こちらは、マダム・タッソーの蠟《ろう》人形館で売っている品です。蠟でできた小指のキーホルダーでして、ね、真物《ほんもの》そっくりでしょ。これをひょいと放りなげたら、受けとめた相手はびっくりしてくれますよ」

女子大生たちはさらに一歩さがった。若い女主人の声に、あせりがあらわれる。

「あっ、それでしたらこの赤鉛筆はいかがでしょ。ほら、お尻の部分に人間の首がついてますけど、これはフランス革命のときに殺されたルイ一六世の生首を精巧に復元してあるんです。鼻血が大量に出てるのは、ギロチンで首を切断された瞬間に、血圧が急変するからで……ね、これこそリアリズムの極致……」

　語尾は、あわただしくドアを開閉する音にかき消された。無人と化した店内の空間をにらんで、若い女主人は舌打ちした。

「チェッ、また客に逃げられた」

「品ぞろえが悪趣味すぎるんだと思うな」

　遠慮がちにいったのは、ハタキの手をとめた少年である。

「どこが悪趣味だっていうのよ。いってごらん、瞠《みはる》」

「だって断頭台のペーパークラフトとか、小指のついたキーホルダーとか、普通のお客さんは買いっこないよ」

「だめねえ、日本人ってユーモアのセンスがとぼしいから」

「あのさ、京《みやこ》おばさん……」

「お姉さまとお呼び！」

　きびしくたしなめる。

「あんたとあたしは、一〇歳しかちがわないんだから。二〇歳以上ちがわないと、おばさんなんて呼んじゃいけないのよ」

瞠《みはる》と呼ばれた少年は、すなおにうなずいた。反抗することで自我《じが》を確立する必要がないのか、反抗しても無益だということをさとっているのか。おそらく両方だろう。かしこまった表情にいつわりはなさそうだった。

少年の足もとにいる二匹のネコが、興味ありげに人間たちを見あげている。黒絹で全身をつつんだようなクロネコと、春の陽《ひ》ざしのようにあたたかい感じのキジネコだ。こころなしかクロネコの視線は皮肉っぽく、キジネコの視線はおっとりしているような印象である。

少年が着用しているイギリス製のエプロンには、斬り落とされた自分の首をさがす緑色のドラゴンが描かれている。それを見ながら「お姉さま」はいった。

「だいたい、あんた、顔も雰囲気《ふんいき》も悪くないんだからさ、女の子をひっかけて、うちの店につれてきて、商品を売りつけなさいよ」

「ペーパークラフトの断頭台を？」

「何でそう、いやそうな表情《かお》をするのさ。吉祥寺どころか、日本中で当店だけがあつかっている稀少品《きしょうひん》よ。いったん流行しはじめたら、こっちのもの」

「おばさん、じゃない、お姉さまだってさ、美人なのに何で男が寄ってこないか、すこし考えてみたほうがいいんじゃないかな」

瞠という名の少年は憎まれ口をたたいたが、表情も口調もソフトなうえに、いつでも逃げ出せるような体勢だから、たいして効果はなかった。

「うるさい、あたしはギロチンにかかって死ぬのをおそれるような軟弱な男どもには興味がないのだ！」

　京《みやこ》お姉さまは甥《おい》を一喝《いっかつ》した。

「このまえデートを申しこんできた身のほど知らずは、小指をつけたキーホルダーを顔に投げつけてやったら卒倒《そっとう》するし、去年お見合してやったヤブ医者ときたら、プレゼントしためざまし時計の音で心臓発作《ほっさ》をおこしかけるし……日本の男はもうだめね」

　めざまし時計の音というのは、一〇〇デシベルもありそうな女性の恐怖の絶叫である。

　ひかえめに瞠は提案した。

「留守番電話《ルスデン》のBGMも変えたほうがいいと思うなあ」

「何いってんの。ヘルマン・フォン・ブライザッハの『死神は空を行く』よ。ロマン派の名曲よ。死神の鎌《かま》からしたたり落ちる血の音をモチーフにしてあるの。そのよさがわからないなんて、あんた、芸術的感性がとぼしいわね」

「いや、そうじゃないけど、その人、ドイツ人でしょ？」

「そうよ。アラブ人やベトナム人や日本人の名前に聞こえるとでもいう気？」

「そうじゃないって。ここはイギリスの雑貨を売ってる店でしょう？　だったら、イギリスの音楽を流せばいいのに、と思って」

　床の上で、クロネコとキジネコが賛同のうなずきをしめした。何なら声も出そうか、というオモムキである。なぜか京は胸をそらした。

「フォン・ブライザッハさまはねえ」

いつのまにか敬称をつけている。

「一八四八年から四九年にかけての三月革命に挫折《ざせつ》して、反動的なドイツに絶望し、イギリスに亡命なさったの。お墓だってロンドンにあるのよ。だからイギリスの雑貨を売る店で、フォン・ブライザッハさまの曲を流しても、ちっとも変じゃないの。どうだ、まいったか！」

「べつにまいりはしないけど……」

そう応じたものの、瞠という少年の声には、何となく敗北感みたいなものがただよっている。

「とにかくこの店は、あたしのポリシーを表現する場なんだから、タマシイの五つや六つ悪魔に売りわたしても、あたしはいまの路線を守りぬいてみせるわよ！」

京の視線をまともに受けたので、瞠はまじめくさって拍手してみせた。

「金童《きんどう》と銀童《ぎんどう》は？」

名ざしされた二匹のネコは、小さい声で鳴いた。これは大家《おおや》さんに対する義理である。

「よろしい。ところで、瞠、定時制の学校生活はどう？　いじめられたりしてないでしょうね」

「定時制には五〇歳すぎた人もいるんだ。いじめなんかやるようなコドモはいないよ。みんな社会人で、オトナだから、おたがいの世界を尊重してる。心配いらないって」

「それならいいけど、いい年齢《とし》した社会人でも、オトナになりきれないのが、このごろはたくさんいるからね。仕事と趣味の区別もつかないやつとかさ」

クロネコの金童とキジネコの銀童とは、すばやく視線をかわした。もちろん人間の言葉をしゃべれはしないが、しゃべれたとしても沈黙を守ったにちがいない。

「じゃ、そろそろ今夜の仕事の話をしようか。お客もいないことだし」

そういうと京は二匹のネコを見おろして頭《かぶり》を振った。

「イヌとちがって、ネコってほんとに役たたずなのよねえ。番ネコとか救助ネコとか盲導《もうどう》ネコとか、聞いたことないし、いまどきネズミとりの役にも立ちそうにないし」

「ネコの役だちかたはイヌとちがうんだよ。日常的じゃないんだ。だから、たとえば、呪《のろ》いとか祟《たた》りとかだったら、ネコのほうが役に立つと思うな」

「あんた、それ、フォローしているつもりなの」

うたがわしげな京の口調だった。

「ま、あんたにはまだ不可欠《ふかけつ》なコーチだろうから、追い出す気はないけどね。それどころか、ミルクまでやろうっていうんだから、われながらお人よしだわ」

クロネコの金童とキジネコの銀童は、いそいそと、自分専用のミルク皿へ足を向けた。

Ⅱ

クロネコの金童は、ハードボイルドをもって身上としている。

公務には私情をまじえず、冷静かつ緻密《ちみつ》に、さらに徹底的に処理すること。弟子《でし》の瞠《みはる》に対しては、甘やかさず、きびしい指導で欠点を矯正《きょうせい》し、はやく一人前に育成すること。それが走《そう》無常《むじょう》をコーチする金華猫《きんかびょう》の正しい姿である。パートナーの銀童みたいに、瞠がまだ半人前だという理由で甘やかしたりかばったりしていては、本人のためにも冥府《めいふ》のためにもよくないのだ。

　ただハードボイルドをもって身上とする金童にも苦手《にがて》はある。ミルクを飲むのがへたなのだ。いそがしく舌を動かすと、ミルクの飛沫《しぶき》が顔にかかって、漆黒《しっこく》の毛に点々と白いものが散る。いっぺんにまぬけな顔つきになってしまった金童を見て、瞠と京は声をあげて笑った。銀童も笑ったが、ネコは笑うときには声をたてないものである。

　気分をそこねたようすの金童を見て、瞠が笑声をひっこめながらなだめた。

「仕事がすんだらお風呂にいれてやるよ」

「春とは名のみの寒さじゃ、ネコにとって夜の仕事はつらいわね」

「ぼくもつらいけど」

「あんたは修業中の身でしょ。多少つらくて当然。帰ったらお風呂とスコットランド風スープが待ってるから、さっさとすませておいで。さいわい東京での仕事よ」

　店の奥に大きな円《まる》いテーブルがあって、タータンチェックのクロスがかけられ、ガラスの深皿にポプリが盛られている。心地《ここち》よさそうな一角だが、店全体の雰囲気からはやや浮いているようでもある。

　アールグレイの紅茶の香りがカップからただよって、瞠は内心で溜息《ためいき》をついた。店全体をこの雰囲気で統一すれば、けっこう若い女性客を呼べるはずだと思うのだが、瞠の視線の先にあるのは、大きなナイフを振りかざした「切り裂きジャック」の油絵である。

「♪リジー・ボーデン斧《おの》とって　母さんなぐった四〇回
彼女のしわざとばれたので　父さんなぐった四一回♪」

一九世紀の犯罪実話にもとづくイギリスの歌をうたいながら、京はテーブルにつき、仕事の説明をはじめた。今回、対象となるのは若い男だ。父親が資産家で、高校卒業後、アメリカ西海岸《ウエストコースト》の大学に進み、国際経営学を専攻したという。

「ところがよくある例で、英語も国際経営学とやらも、まるでものにならない。おぼえたのは薬物《ドラッグ》だけ。それで卒業もできずに日本に帰ってきて、ファッションモデルをやってたんだって」

「モデル？　すごいね」

「フン、弁護士や医師とちがって、モデルには資格試験なんかないの。自分でそう名乗るのは自由なのよ。世間が相手にするかどうかはべつにしてね」

「で、その人はもう死んだわけだね」

「そう、ヘロインを自分で注射して、量をまちがえてショック死。無意味な人生よね、まったく。それにしても、あんた、薬物を密売するようなやつらをやっつけてやれないの？」

「だめだよ」

生きている人間がどんな悪事をはたらこうと、それは冥府に関係のないことだ。その人間が死ねば、はじめて冥府のとりしまりの対象になる。

「だから、走無常にしても陰曹官《いんそうかん》にしても、生きてる人間を罰したりはできないんだよ」

「そういうのってさ、お役所仕事っていうんじゃないの」

「冥府ってお役所だもの。よけいなことをしたらいけないんだよ。陽界《このよ》だって、警察が裁判までやったら、いろいろとまずいだろ」

「あたし個人はちっともまずくないけどね。ま、それはそれとして、こいつが今回、ナマイキにも陰陽《いんよう》両界《りょうかい》の秩序を乱してるわけ」

京は甥《おい》の前に写真を押しやった。やや長髪、やや面長《おもなが》、ととのっているといえばいえるが、あまり特徴のない顔だ。

「まぬけづらしてるでしょ？　何せ、自分が死んだことも知らないんだから」

「でも、それはそんなにめずらしいことじゃないよ。急死した人の半分ぐらいは、自分が死んだことをなかなか納得しない」

冥府につとめる役人たちにとって、まず最初の仕事は、死者に自分の死を納得させることである。納得しないと、幽霊になるくらいならいいが、生者の肉体にとりついたりして、めんどうなことになる。

「その点もふくめて、あんたに処理してきてほしい、という連絡なのよ。ええと、連絡によると、死人の姓名は飛鳥井《あすかい》英道《ひでみち》……ごたいそうな名ね。ま、姓も名も自分でつけるものじゃないけどね」

日没の直後、ひとりの若い人間と二匹の年齢不詳《ふしょう》のネコが、多摩川の河面を北に見おろす丘陵地に立っていた。真冬ほどではないが、夜気はまだまだ肌に優しくない。瞠少年はハイネックのセーターの上からブルゾンを着こんでいた。二匹のネコは季節をとわずおなじかっこうだ。

飛鳥井家はかつてこの一帯の大地主で、第二次世界大戦の前には、自分の家から他人の土地を踏まずに神奈川県まで行けたそうである。いまでも膨大《ぼうだい》な不動産を所有しているが、リーマン・ショック後は、いささかきびしい状況らしい。

いま瞠《みはる》少年の前にたちはだかっている神殿めいた建物は、飛鳥井都市開発株式会社が一年前に完成させた超高級分譲マンションだ。いちばん価格の安いフラットでも三億円以上する。不景気の長びくご時世《じせい》で、一戸も売れず、無人のままだという。

アメリカから帰国したドラ息子が「生きかえった」ことに、飛鳥井家は狼狽《ろうばい》し、このマンションの一室に監禁している、というのが京お姉さまからの情報だった。

見たところ、玄関ロビーと管理人室にしか灯火はともっていないようだ。だが、御影石《みかげいし》をはった高いフェンスにそって裏手へまわってみると、かすかに青白い光の層が、フェンスの縁にわだかまっているように見えた。

さっそくクロネコの金童が姿勢をととのえ、無造作《むぞうさ》にフェンスの上に跳《と》びついた。地球の重力を軽蔑するかのような優雅な動きだ。

偵察してくるからそこで待ってろよ。

そうネコ語でいいのこすと、金童はフェンス上を五、六歩あるいてから庭へ跳びおりた。

芝は茶色に枯《か》れたままで、雑草もまじっているようだ。入居者がいないのだから、管理がいきとどいていないのも、むりはない。

庭の奥が光っていた。ドライエリアに面した地下室があって、そこから灯火が洩《も》れているのだ。音もなく走り寄って、厚いカーテンが小さく揺れているのをたしかめると、有能な金童は両耳をそびやかした。人間の声が聞こえる。

金童は建物にそってもういちど走り、壁に身を寄せて闇にとけこんだ。

作業服を着こんだ壮年の男がふたり、管理事務室からサービスヤードへと出てきたところだった。そこにおいてあったポリバケツを室内へかかえこもうとしている。わずかに開いたドアから、金童はするりと室内へはいりこんだ。男たちの会話が聞こえる。

「しかし、この何日かの騒動は、ありゃ何だ。他人事《ひとごと》ながらうんざりするぜ」

「そりゃ当然さ。あのドラ息子が生きてるか死んでるか、死んだとしたらいつ死んだか、それによって相続する財産の額がまるでちがってくるんだからな。目の色も変わるってもんさ」

「公平に分配したって、ひとり最低一〇億ぐらいにはなるんだろう。それで満足できないもんかね」

「他人事だから、そんなことがいえるのさ。当人たちにとっちゃ、一円でもよけいにほしいだろうよ。とくに、仲の悪いやつより一円でもよけいにな」

「ま、こうなったら、あのドラ息子に妻子がなかったのがせめてものことだな。これ以上はややこしくならずにすむ」

「いやいや、まだわかるものか。明日にでも、若い女が赤ん坊をかかえて飛鳥井家にあらわれるかもしれん」

「お孫さんの愛人と名乗ってか。やれやれ、そうなるとまたひと騒動だな」

男たちはマスクをつけ、ゴムの手袋をはめた。ふたりでポリバケツを持ちあげる。バケツにはフタがついており、そのフタを内側からたたく音がした。バケツのなかに何か生物がいるのだ。

男たちのあとをつけて、金童は地下への階段をおりていった。

「ハムスターが五〇匹か。そこらのイヌやネコじゃないところがお金持ちだよな」

「しかし、そろそろペットショップでもあやしまれはじめたぞ。いったいどんな動物をお飼いなんですか、と尋《き》かれちまった」

「蛇だ、と答えたんだろう？」

「ああ、ちょっといやな表情《かお》をされたが、まあそれくらいはしかたないな。ウサギやハムスターを餌《えさ》用に買っていく客はときどきいるらしい。しかし女房にはいえないな、こんな仕事をしてるなんて」

「しかたないさ、この不景気だ、クビにならないだけましと思わなきゃ」

身につまされるような会話をかわしながら、ふたりの男はポリバケツを横だおしにし、地下室のドアの前に口を向けておいた。ドアの外側に、いくつも太いチェーンがついているのが金童の注意をひいた。バケツのフタをとると、あわただしくその場を離れる。あふれるように、何匹ものハムスターが出てきた。と、ドアがわずかに開き、伸びてきた手が小動物をつかんだ。

金童は、たしかに見た。ドアの蔭《かげ》から伸びてハムスターをつかんだ手は、形こそ人間のものだったが、甲にも掌《てのひら》にも、みじかい緑色の毛がびっしりはえていたのだ。

いやな音が金童の全身の毛をさかだてさせた。生きたハムスターの胴を嚙《か》み裂き、血や内臓をすする音だ。

金童は弾丸のように地上への階段を駆けあがった。

「緑毛《りょくもう》がはえていた？　ほんとかい」

金童の報告を受けて、瞠はかるく眉をひそめた。

金童はうなり声をあげる。先輩の報告に疑義《ぎぎ》をさしはさむとは、なまいきなやつだ。そもそも、金童の見たことを、銀童を通して見てないとすると、よそ見していたことになるではないか。

「ごめんごめん、でもそうすると、飛鳥井家のドラ息子は、死んでそのままずっと死んでることになるなあ」

瞠の台詞《せりふ》は、普通の人には理解しがたい。むろん金童や銀童にはよくわかる。生きかえった死者の身体《からだ》に、緑毛ははえない。やすらかに眠る死者の身体にも、緑毛がはえることはない。

緑毛がはえるのは、「他者の呪力《じゅりょく》や魔力によって動かされている死者」だけなのだ。

意識も意思もないから、死者ではなく死体と呼ぶべきかもしれない。そして死体であっても動きまわるにはエネルギーを必要とするから、餌をあたえなくてはならないのだ。もし餌をあたえないと、自分でさがしまわり、人や動物をおそうようになる。だから餌をあたえなくてはならないのだが、では誰が餌をあたえているのか。

むろん飛鳥井家の一員、それも有力者だろう。マンションも飛鳥井家の所有物《もちもの》だし、男たちはしがない従業員で、上からの命令にしたがっているだけだ。

「で、いったい何のために、そんなことをしているんだろう。男たちの会話にあったとおり、死者がよみがえれば相続のゴタゴタが増えるだけだ。いいことは何もないはずだけどなあ」

英道の両親が、ひたすら息子かわいさのためにそんなことをした、という可能性もある。だが、それなら、こんなところに監禁しておくよりましな処遇《しょぐう》があるはずだった。

Ⅲ

屍体をあやつって人を殺させる魔術を、起屍鬼《きしき》という。仏教の用語だと毘陀羅法《びだらほう》と呼ばれる。

「起屍鬼を使った犯罪だとすると、ちょっと事情が変わってくるなあ。ぼくの出番じゃないかもしれないぞ」

京おばさん、ではなくて京お姉さまと話したように、生者の犯罪は、走無常の管轄《かんかつ》ではない。陽界《このよ》の司法機関がとりしまるべきだが、起屍鬼そのものは、とりしまろうにもそんな罪名はないのだ。

銀童が声をあげて瞠の注意をうながした。

ひとりと二匹は、手入れの悪い植込みの蔭《かげ》に身をひそめた。あたらしいふたつの人影が鉄製の門を乗りこえて侵入してきたのが、闇をすかして見えた。両目と口だけが出たスキー用の毛糸の帽子に迷彩服。服はミリタリー用品の店ででも買ったのだろう。アマチュアであることは、すぐにわかった。何しろ、低声《こごえ》でたがいの名を呼びあっているくらいだ。「タケシ」「ノブオ」という声が聞こえた。

陰陽両界を律する理《ことわり》に反して生きかえった死者が、もっとも苦手《にがて》とするのはナツメの核《たね》だ。これを七個ぶつければ、完全に動かなくなる。ただ、いつどこにでもあるわけではないから、米の粒を投げつけたり、鈴の音を聞かせたりして代用する。とりあえず、死者の足もとに米粒をばらまけば、死者は立ちすくんでしまうから、それからゆっくり、完全な処理法を考えればいい。

そのことを、侵入者たちは知っているだろうか。

瞠の見たところ、そうは思えなかった。

またしても偵察に出たクロネコの金童は、彼らから一メートルしか離れていない場所で、すっかり会話を聞いてしまった。彼らの会話から、正体はすぐに判明した。彼らは飛鳥井家の当主である興邦《おきくに》老人の孫で、従兄弟《いとこ》どうしなのだ。死んだ英道とも従兄弟どうしになる。彼らはこのマンションに監禁された英道を救出に来たのではなかった。その逆だったのだ。

「こんな怪物、生かしておく必要がどこにある。飛鳥井家の名誉のためにも、本人のためにも、さっさと始末《しまつ》してしまうべきじゃないか」

「……でも、殺すのは……」

「殺す？　おい、イメージの悪い言葉を使わないでくれよ。おれは始末するといったんだ。だいたい英道は、あいつは、もうとっくに死んでるんじゃないか」

タケシは笑ったが、いかにもわざとらしい笑いで、乾《かわ》ききってひびわれた印象だった。

「それでも死体を傷つけることになるだろ。いい気分じゃないな」

「そりゃ祖父《じい》さんの罪だ。あの人が死体を安らかに眠らせておきゃ、こんなことにはならなかったんだ。どんなテクノロジーだか魔法だかを使ったかしらないが、とにかくマトモじゃないぜ」

そう吐きすてると、タケシは、ノブオに向かって、死体の処理法を早口に説明した。

このマンションの地下には、最新式の生ゴミ処理機が設置されている。バイオ・テクノロジー企業が開発したもので、豚《ぶた》一匹の死体が二四時間で完全に分解され、粉末状の有機肥料になってしまうのだ。人間の死体なら、二〇時間もあればきれいに消滅してしまうにちがいない。

「一片の証拠も残りゃしないさ。たとえつかまったところで、自白しなきゃ無罪放免だ。弁護士だって有能なやつを知ってるしな」

よくしゃべるやつだ。金童はつめたく判断を下した。臆病《おくびょう》なものだから、不安と恐怖をまぎらわせるために口数が多くなる。だいたい、多少なりと度胸《どきょう》のあるやつなら、仲間をさそわず、ひとりで犯行におよぶだろう。自分ひとりでできないものだから共犯をつくるのだ。

とりあえず、瞠に報告しよう。そう思って金童はその場を離れようとした。ところが金童ほど優秀な偵察要員でさえ、しくじることがあるらしい。目測をわずかにあやまった。壁に立てかけられていたモップが床に倒れる。その音に振り向いたタケシの目が光った。

「こいつ、話を聞いてやがった。このまま帰すわけにゃいかないな」

「おい、よせよ、おとなげない。たかがネコじゃないか」

たしなめる声を、タケシは完全に無視した。とっくに興奮して精神のバランスをくずしている。抑制されてきたストレスが粗暴にうごめいて、自分でもコントロールできないのだろう。

「英道のやつも、ひとりじゃさびしいだろうからな。このクロネコをおともにつけてやろうぜ」

タケシはスパナを振りかざした。

害意《がいい》に満ちた表情は、だが、一変した。スパナを振りかざしたまま、タケシはうろたえた声をあげた。

「……あ、あんたはいったい……!?」

彼の眼前で、クロネコの姿が消えうせて、青いチャイナドレスをまとったたぐいまれな美女が出現したのだ。指が硬直し、スパナが床に落下して火花と音を飛散させた。

美女は冷たい怒りに満ちた目をタケシに向けると、身をひるがえして走り去ろうとした。

「おい、待てよ」

反射的に追おうとしたタケシだが、ワンテンポおくれて、美女は廊下の角をまがってしまった。予想外のことがたてつづけにおこったので、反応が鈍くなりがちなのは、むりもない。

美女を追って角をまがりかけたタケシの足が急停止する。背後で異様な音がひびきわたったのだ。それも二度つづけて。

足をとめて振りむいたタケシは、いやでも理解せざるをえなかった。最初の音は、蝶番《ちょうつがい》がはずれてドアが吹きとんだ音。そして二度めの音は、吹きとんだドアが床に倒れこむ音だった。

「うわ、わ、わわ、わ……！」

ノブオは床にへたりこんだままの姿勢で後退している。ドアを破ってあらわれた物体は、輪《りん》郭《かく》こそ地球人のものに見えたが、全身にみじかい緑毛が密生し、苔《こけ》のかたまりが動き出したように見えた。目が存在する位置に、赤い火球が燃えあがっていた。

怪物は、腰をぬかしたノブオには目もくれなかった。理由はわからないが、水平の位置でしか、ものを見ることができないようだ。だが、それは動作の緩慢《かんまん》さを意味するものではなかった。わずかに動いたかと見ると、ただ一瞬で、怪物はタケシを両腕にとらえていた。タケシは恐怖と嫌悪の叫びをあげた。その叫びが突然やんだのは、怪物が自分の顔をタケシの顔に密着させたからである。

　ノブオは床の上を這《は》って逃げ出した。

　夢中の数十秒がすぎて、ノブオは、いつのまにか庭に出たことに気づいた。手に数ヵ所のすり傷がある。立ちあがろうとしたが、腰にまるで力がはいらず、へたりこんであえぐばかりだった。

「ああ、あなたは助かったみたいですね」

　おちついた声がして、それがノブオをしばる目に見えない糸を切った。夢中でノブオは声を押し出した。

「あ、あの死体が、バケモノが、タケシにキスして……」

「キスしているわけじゃありません。あいての口から生体エネルギーを吸いとってるんです。二番めに効率のいい方法ですから」

「二番めって、それじゃ、一番めは何なんだよ」

「生者と死者が、たがいの足の裏をあわせるんです。完全に密着させなくて、すこし離れていてもいい。足の裏に湧泉穴《ようせんけつ》というツボがありますけど、生者のそこからエネルギーが流れ出て、死者のそこへ流れこむ。でも、まあ、いまはそんなことより、あなたたちがここへ来た事情をうかがいましょう」

ノブオはようやくあいてをまともに見ることができた。みっつの人影。中央の少年はどうでもいい。左右に立つチャイナドレスの美女の視線にうながされて、ノブオはべらべらしゃべりだした。舌は油でもぬられたように回転して、飛鳥井家の内情をあばきたてた。

「祖父さんがいいだしたんだ。いちど死んで生きかえったんだから、英道の運の強さは底が知れない。どんなに才能があっても運のない者に、財産や事業をゆずりわたすことはできない。だから英道にすべてをゆずりわたす、ほかの者はあきらめろって」

「みんなおどろいたでしょうね」

「あたりまえだ。こんなむちゃくちゃな話があるかよ！」

ノブオはわめいたつもりだったが、たいして大きな声にはならなかった。

「タケシの失望ぶりがいちばんひどかったな。これまで何のために努力して祖父さんに気にいられようとしてきたんだか、わかりゃしない。必死に勉強して、おこないをつつしんで、あげくに、女だの薬物だのとやりたいほうだいの英道に、何もかも持っていかれるなんてよ」

「それで英道さんをあらためて消してしまおうとした……」

「おれはそこまでする気はなかったけど、祖父さんのやりくちにはさすがに腹がたったよ。ましてタケシはなあ……祖父さんを殺したくなったとしてもむりはないね」

英道の「死体」をかたづけたあと、タケシは祖父を殺害しようと計画していたかもしれない。いや、たぶんそうにちがいない。自分のやることに正当性を見出してしまえば、あとは終局までいきつくしかないのだ。

「ところで、おまえ、何でこんなところにいる？　いったい何者だよ、おまえは！」

声が裏がえり、ノブオは血相《けっそう》を変えて立ちあがる。状況および配役《キャスト》の異常さに、ようやく気づいたらしい。衝動的に両手を伸ばして、瞠の襟首をつかもうとした。

一瞬の後、悲鳴とともに両手をひく。両手の甲がかき裂かれて血がはねとんだ。右手は金童、左手は銀童のしわざである。

両手をいっぺんに傷つけられたので、ノブオはとっさに傷をおさえることもできず、血を流したまま立ちすくんだ。彼の目には、二匹のネコが、短剣をかざして威嚇《いかく》するチャイナドレスの美女に見える。うろたえたあげく、ノブオは血まみれの両手で頭をかかえて泣声をあげた。

「こ、殺さないでくれ……」

「そんなことはしません。ただ、あなたのためにいっておきますけど、今夜のことは忘れるんですね。財産のほうも、あきらめろとはいいませんが、むりをしないほうがいいと思いますよ」

金童と銀童が同時に身を反転させた。するどい警戒の声をあげる。緑毛の怪物が、少年の背後に姿をあらわしたのだ。

「さっさとお逃げなさい。タケシさんは気の毒でしたけど、あなたがおなじ目にあう必要はありませんよ」

ノブオはけんめいに足を動かして、その場から逃げだした。彼がいなくなったあと、そこで何がおころうが知ったことではなかった。

Ⅳ

飛鳥井《あすかい》興邦《おきくに》は、けわしい視線を深夜の来訪者に向けた。八〇という年齢よりはるかに若々しい印象の身体を和服につつみ、袴《はかま》まできちんとつけて白い足袋《たび》をはき、羽織《はおり》をはおってソファーに腰かけている。まったく洋風の室内で和装を通すのが、この白髪の老人の趣味らしい。

「どうやってはいってきた？」

重々しい声で問われて、興邦の五分の一も人生経験のない来訪者は、恐縮《きょうしゅく》したように頭をさげた。

「すみません、ちょっと屋根から」

「警戒システムがあったはずだが」

「この子たちが解除してくれたんです。とても器用で」

場ちがいなほど華麗なチャイナドレスの美女がふたり、少年の左右に立っている。老人は一〇秒ほど観賞をつづけ、ようやく尋ねた。

「で、何の用だ」

「あなたのなさっていることが、陰陽両界を律する理に反しているのでとりしまるように。そう命令されました」

「おまえは陰曹官《いんそうかん》か」

「ただの使い走りです」

「冥府の使い走りか。走無常とかいうやつだな。どうやら生身の人間らしい」

金童と銀童が視線をかわして警戒の姿勢をとった。飛鳥井興邦は走無常を知っている、ただ者ではない。いや、もともと起屍鬼《きしき》の法をこころえている人物が、ただ者であろうはずはないのだが。

「ご想像におまかせします」

おちついた声で瞠が答える。半人前の未熟者にしては上出来《じょうでき》だ、と、金童は思った。

「とりしまるとかぬかしたが、具体的にはどうするつもりだ」

興邦老人の問いかけに、瞠は、直接は答えなかった。

「あなたが亡《な》くなったお孫さんをあやつって騒ぎをおこした理由は何ですか。べつのお孫さんがひとり亡くなりました。ジョークにしては度がすぎますね」

「そんなことを、何でおまえなんぞにしゃべらにゃならん」

「それじゃ、かってに推測します」

「ほう、聞こうじゃないか」

「あなたはご一族を試《ため》そうとなさったんでしょう。評判の悪い英道さんに全財産をゆずると宣言すれば、ほかの人はどう思うか。怒って反抗する人も出てくるでしょうし、絶望して去る人もいるにちがいない。そこまでひどいことをされてもまだ離反《りはん》しない人だけが残ればいい。そう考えたんですね」

返事をせず、老人は薄く笑っただけである。

「同時に、どうやって修得《しゅうとく》したかはわかりませんけど、起屍鬼の法をじっさいに使ってみるいい機会でもあったわけです。両方を考えあわせて、あなたは、お孫さんの遺体を利用することにしたんです。いっても無益とは思うけど、これ、おおきな冒瀆《ぼうとく》ですよ」

「そんなことは承知の上だ」

「そうでしょうね」

「で、私をどうする気だ。陰界《あのよ》へつれていって、裁きを受けさせるつもりか」

傲然と胸をそらせる大富豪の老人を、瞠はじっと見やった。

「そんな権限は、ぼくにはありません」

「はは、そうか、単なる使い走りだったな」

「ええ、ですから、緑毛鬼《りょくもうき》の行動からあなたを守る義理もないんです。ぼくの役目は、陽界《このよ》の司法機関が介入《かいにゅう》しないよう、あとしまつをするだけで……」

瞠は視線を動かした。老人が何気なく瞠の視線を追い、表情と身体をこわばらせた。

「ひ、英道……！」

「さすがだな、どんなに変貌《へんぼう》してもお孫さんがわかるんですね」

瞠の口調が、すこしだけ皮肉っぽい。

「それにしても、どうやってついてきたのかなあ。きっと、お祖父さんにお目にかかりたい一心ですね。距離だって、あのマンションから五分ぐらいのものだし」

瞠の足もとで、二匹のネコがくるりとシッポをまわす。夜道で他の人に出くわさないよう、緑毛鬼をたくみに誘導してきたのは、金童と銀童だった。

　飛鳥井老人は白眼をむき、舌を出してあえいだ。

「それで、ちゃんとあとしまつはすませてきたの？」

　熱いスコットランド風スープの深皿と大きなスプーンを、京お姉さまはテーブルの上においた。いい匂いが湯気のかたまりになって瞠の顔を打つ。

「うん、すませた」

「どんな風《ふう》に？」

「緑毛鬼の口の中にこれを打ちこんだ」

　瞠がポケットからとり出してテーブルの上においたのは、大きな爪楊子《つまようじ》のように見えた。

　京お姉さまは床の上にミルクの皿をふたつおいてから、その爪楊子をとりあげて、まじめくさった表情で観察した。

「よろしい、樹齢《じゅれい》百年以上の桃の木でつくってあるわね。でもって、『一陰一陽之謂道《いちいんいちようこれをみちという》……』、ふむふむ、易経《えききょう》のなかの文章もちゃんと書いてある、と。緑毛鬼はとけてしまったわね」

「どろどろに」

「傍迷惑《はためいわく》な飛鳥井老人は？」

「腰をぬかして気絶してたから、そのままにしてきた」

「ふん、甘いわね。あたしだったらトドメをさしてやったところだけど」

「それじゃ殺人だよ」

「ま、いいでしょ。錯乱しても自業自得《じごうじとく》。正気で意識を回復したら、タケシとかいう孫の変死について責任を問われるだろうしね」

うなずいて、京お姉さまは椅子にすわった。

「じゃ、スープをおあがり。そのあとで話があるわ。いい話よ。鬼怪胡同《クイクアイフートン》から招待が来たの」

「へえ、ほんと⁉」

「ウソいってどうなるってのよ。北京《ペキン》に行けるわよ」

北京には鬼怪胡同（おばけ横丁《よこちょう》）と呼ばれる地区があって、全中国のおばけが年に一回そこに集まり、会議やパーティーを開くといわれている。生きている人間で、それに参加できるのは、走無常の資格を持つ者だけだ。

「あたしは五年前にお呼ばれしたけど、あんたははじめてでしょ。走無常も鬼怪胡同に行ってようやく一人前。金童と銀童もひさしぶりだろうから、みんなでにぎやかに行こう」

瞠はスープの皿から、金童と銀童はミルクの皿から顔をあげて、いっせいにうなずいた。

註：京《みやこ》おばさん、ではない、京お姉さまの店で売っているあやしげなグッズは、すべて実在します。

走無常3

役《えき》鬼《き》咒《じゅ》

I

吉祥寺《きちじょうじ》駅の南口から徒歩五分。緑と水の美しい井《い》の頭《かしら》公園のすぐ近くに、「二人の女王《ツー・クイーンズ》」という英国雑貨の店がある。店の女主人《ミストレス》は若くて美人で仕事熱心だという、一部の評判だ。

三月上旬の金曜日、大学生らしい若いカップルを相手に熱弁をふるっているのは、その女主人だった。

「ほら、これなんかいかがでしょ。ロンドンのダークスタッフ社の製品ですの。ほら、このヒットラーの人形、こうねじって頭の部分をはずしますと……」

二頭身のヒットラー人形の首をはずす。ポンと間のぬけた音がした。

「ね、何と、スターリンが飛び出してくるんです」

二〇世紀最悪の独裁者がふたり、ころりとガラスケースの上にころがって、うらめしそうな眼でカップルをにらみつける。カップルはこわばった笑顔のまま後退した。

店内にいる二匹のネコが顔を見あわせて慨歎《がいたん》する間に、客は早春の風とともに消え去って、ご自慢の新商品を売りそこねた女主人がいまいましげに首を振る。

「切り裂きジャックや青髯公《あおひげこう》ジル・ド・レだったら、けっこう人気があるんだけど、ヒットラーやスターリンだと、まるでダメだわ。人数だけでいったら、一番たくさん殺してるんだけど、やっぱりロマンに欠けるのかなあ」

ネコたちの後方から人声が返ってきた。少年の声だ。

「殺人にロマンなんてあるの？」

「あるわけないでしょ。でも、あると思いこんでる人たちがいて、出版社とかＩＴ企業とかに喰い物にされてるわけよ。イヤねえ、資本主義社会って。どんなにいい商品でも、ネットで大量宣伝しないと売れないんだから」

「京《みやこ》おばさん、あのさ……」

「お姉さまとお呼び、瞠《みはる》」

きびしく訂正を求める女主人の名は京、ショートカットに眼鏡《めがね》をかけ、クリーム色の薄手のセーターに青いスラックスといういでたちで、甥《おい》を見すえる。

「年度末試験、どうだったの、瞠？」

「終わったよ」

「終わったのは知ってるわよ。どういう形で終わったのかが問題でしょ。笑うか、泣くか、どっちだったの」

「まだ結果は出てない。終わったばかりだから」

「そう、まあいいわ、勉強より仕事の話が、今日のところは優先するからね。明日、ちょっと出かけるわよ」

「遠いの？」

「高速バスで一時間ちょっとよ」

「バスかあ」

べつに不満なわけでもなさそうだが、瞠という名の少年は小首をかしげる。繊細な目鼻立ちで、育ちがよさそうだ。

「こういう不景気な時代になると、家族づれでいくのも、近場の映画館かアウトレット、せいぜいテーマパークってことになるからねえ」

「テーマパークにいくの？」

「そう。いまどきテーマパークもライバルが多くてたいへんよね。当店《うち》もだけど」

「お店のライバルって？」

「近くにあるでしょ！　ジ〇リ美術館よ。まさにあそこが当店にとって宿命のライバルだと、あたしは認識している」

そいつはかなりずうずうしい認識だぞ、と、瞠は思ったが、口には出さなかった。ジ〇リ美術館はこの店から徒歩一五分ほどの距離にあるが、連日満員、海外からもわざわざ訪《たず》ねてくる人たちがいて、入場券にはプレミアムがつくという名所である。京お姉さまがいかに自負《じふ》しようとも、ハムスターがアフリカ象をライバル視するようなものだ。

「そのテーマパークにはお化け屋敷があるんだけど、そこに本物のお化けが出るという噂《うわさ》なのよ」

「それって、客寄せのための噂じゃないのかな。よくあるヤラセの一種とちがう？」

甥が懐疑《かいぎ》的な意見をのべると、若い叔母《おば》はしかつめらしい表情をつくった。

「ところが、そうでもないらしいのよ。だいたい、何でこちらに依頼があったかというと、そんな噂が立って客がへったってことなんだから」

「ああ、そうか。でも、噂があるから客がへったと断定していいのかな。何か他の原因があるかもしれないよ」

「そんなもの、先方が考えるべきことよ。こちらはこちらの仕事をしてればいいの。たまにはアウトレットをのぞいてみてもいいし」

「それは仕事に関係ないんじゃ……」

「何いってるの。大衆の消費動向を視察するのも、企業経営者のツトメよ」

かくして、翌日の土曜日、大きなバスケットをかかえた瞠は、京お姉さまとともに高速バスに乗りこんだ。吉祥寺駅の北口を午前九時に出発し、調布《ちょうふ》のインターチェンジから中央自動車道にはいる。おばさんたちのグループで車内はにぎやかだ。

バスの中で瞠は目的地である「北相《ほくそう》ヴィラレット」のことを聞いた。

経営母体は鉄道会社だという。もともと小さな都会遠郊型の駅があっただけなのだが、周囲の広大な雑木林《ぞうきばやし》と野原を、テーマパークとアウトレットに変え、駐車場を配置した。これが大あたりだった。

「ママはショッピング、パパはパチンコ、お子さまは遊園地。みんな満足」

というフレーズどおりで、巨大なパチンコ店も併設されている。一円でも多く、敷地内に投下《おと》させようというわけだ。

　地味だが堅実でトラブルもない、といわれた中規模の鉄道会社を、いかにもハデな印象に変えたのは、二代目オーナーの女婿《むすめむこ》である。姓名は積木《つみき》寿弘《としひろ》。もと銀行員だったが、二代目に見こまれて長女と結婚し、後継者となった。手がたい管理者タイプと思われていたが、意外な辣腕《らつわん》を発揮して事業を拡大した。泡沫経済《バブル》の時期に土地をどんどん売りさばき、外国の銀行に現金をあずけた。バブルが崩壊して土地の価格が暴落したとき、まったく傷を受けなかったのだ。

「有能な人なんだね」

「ま、一方では、オカネにならないことはいっさいしなくなってね。鉄道沿線の学校図書館や病院に毎年、寄付してたのを全部やめちゃったし、美術館も閉鎖しちゃったんだって。だいたいまともに法人税も支払わないっていうんだから、徹底してるわ」

　高速道路をおりてさらに五分ほど走り、バスは目的地に着いた。にぎやかなおばさんたちが、にぎやかにバスをおりていく。アウトレットに向かう中年の客たちを見ると、女性が元気よく胸を張っているのに、男性はうつむきかげんにとぼとぼと歩いていくのはなぜだろう。

　薄曇りの空の下、テーマパークの入口へと歩きながら、京お姉さまは手帳を開く。大きなバスケットをかかえた瞳に、手帳の内容を読んで聞かせる。

「資料によると、日本のテーマパーク、というより遊園地といったほうがいいわね、そこにはじめてお化け屋敷ができたのは一九五五年ごろ、関西のほうなんだって」

　京お姉さまが手帳のページをめくる。

「日本全国の遊園地に普及したのは、それから一〇年後。だから、お化け屋敷って、戦後の、それも高度経済成長時代の産物なんだ。案外あたらしいものなのね、へえ、勉強になったわ」

「試験には出ないけどね」

瞠の声はつぶやきに近かったが、若い叔母さんの聴覚をまぬがれることはできなかった。

「そういう程度の低いイヤミをいうとは、さては試験の結果が悪かったな、瞠！」

「そんなことないよ。おば——お姉さんがガラになく勉強なんて言葉を使うから、つい」

「ガラになく、とは何だ。つい本音《ほんね》が出たってことか」

「それより、ほら、入場料を払わないと」

「いいのよ、パスをもらってあるから」

ピーターパンもどきの緑色の衣裳を着た女性スタッフに、バスケットを開いて見せる。二匹のネコが顔を出して小さく鳴いた。

「ペットはバスケットにいれておいていただければけっこうですが、咆《ほ》えませんよね？」

「咆えません、ネコですから」

まじめくさって、瞠が答える。スタッフは表情をぼやけさせた。笑っていいかどうか、判断に迷ったようだ。

入場して、「さて」と京お姉さまが周囲を見わたしたとき、あわただしい人の動きがおこった。白と緑の制服を着たスタッフ、さらにはスーツの胸に名札をつけた別のスタッフが、瞠たちを押しのけるように走っていく。

入口に、黒塗りのベンツが停車した。後部座席からおり立ったのは四〇代半ばとおぼしき小柄な男だ。整列したスタッフたちが、いっせいに頭をさげる。

「オーナーの積木寿弘だわ」

「視察にでも来たのかな」

「オーナーが来たら、お客を放りだすってわけね。従業員の躾《しつけ》がよくできてること」

「優良企業なんでしょ、ここ？」

「表向きはね。でも正体は、近代企業じゃなくて積木一族の個人商店よ。何かしら、あれ、まるで昔のお大名みたい」

舌打ちする京お姉さまに、瞠が忠告する。

「走《そう》無《む》常《じょう》がかかわるのは、あくまでも死者の罪だからね。生きてる人に手を出しちゃいけないんだよ」

「あんたねえ、そういうのを『キリストに論語《ろんご》、孔子《こうし》に聖書』っていうのよ」

「？」

「よけいなお説教ってこと。いい喩《たと》えでしょ」

「そ、そうだね」

あえて異をとなえることは避け、瞠は、ネコたちのはいったバスケットをかかえ直した。

Ⅱ

アウトレットにくらべると、テーマパークの人出はすくなかった。それでも一万人ぐらいは入場しているのだろう、家族づれにカップル、グループと、さまざまな人たちがさまざまな服装で歩きまわっている。

　メリーゴーラウンドにジェットコースター、大観覧車。ひととおりの施設がそろっている。有名なアニメーション制作会社と提携しているそうで、見おぼえのある人間や妖精や動物のキャラクターがあちこちにいる。もちろん着ぐるみや等身大フィギュアだ。音楽やら風船やらアイスクリームの屋台やらのなかを五分ほど歩くと、中世ドイツの城館を模した大きな建物が見えた。「恐怖の千年王国」だ。

「ミュンスター千年王国」と呼ばれる歴史上の事件がある。一六世紀のドイツでおこった有名な事件だ。ミュンスターという都市で、何千人もの人が殺された。ドイツ名をヨハン・フォン・ライデン、フランス名をジャン・ド・レイドという自称霊能者が、ミュンスターの王位に即《つ》き、宗教にもとづく独裁政治をおこなったのだ。なにしろ宗教改革の時代のことで、旧《ふる》くからの教会の権威も地に墜《お》ち、内戦や叛乱があいついで、ドイツは混迷をきわめていた。人心も不安定で、カルトに走りやすい土《ど》壌《じょう》があった。

　ヨハン・フォン・ライデンは「神のお告げ」を振りまわし、市民を煽動《せんどう》して権力の座につくと、「いままでの道徳や倫理はすべてニセモノだ」と叫んだ。聖書をのぞくすべての書物を焼き、通貨を廃止し、市民の財産や食糧を没収し、一夫一婦制を禁止した。つまり、すべての女性と物資を、王であるヨハン・フォン・ライデンが独占することになった。彼は正式の王妃だけでも一六人をかかえて愛欲にふけり、反対する者や批判する者はことごとく拷問にかけて、公開処刑した。犠牲者の数は正確にはわからないが、四五〇日にわたって毎日一〇人以上が殺されたといわれている。病気や飢餓《きが》で死んだ者も多かった。

　このカルト王国は一五三四年二月から翌年六月まで存続したが、その危険性を知ったドイツ諸侯の連合軍によって攻撃され、ミュンスターは落城する。このとき市民は飢餓に苦しみ、死んだ子どもの肉を塩漬けにしていたという証言がある一方、ヨハン・フォン・ライデンの宮殿には、一年以上をささえる大量の食糧がつみあげられていた。

　ヨハン・フォン・ライデンはとらえられ、鎖と首輪をつけてひきずりまわされたあげく斬首《ざんしゅ》された。じつのところ、ミュンスターを攻撃した諸侯連合軍も、荒っぽい傭兵《ようへい》部隊だったので、ミュンスター市内に乱入すると、殺戮《さつりく》と掠奪《りゃくだつ》をくりかえし、市民にとっては、あたらしい災難がふりかかっただけであった。

　ヨハン・フォン・ライデンを「救世主、預言者」と崇拝し、反対派の虐殺に加担していた者の一部は、よその都市へ逃亡した。また彼が貯《た》めこんだ財産のうち、五トンもの黄金がどこかへ消えてしまったといわれる。黄金一グラムが一万円、という昨今だ。瞠にとっては、考える気にもなれない金額になる。

そのような「ミュンスター千年王国」事件をモチーフにしたのが、「恐怖の千年王国」というお化け屋敷なのだという。

「こんな陰惨な話を、よくまあ、娯楽施設にしたてあげるわね。犠牲になった人たちのことを考えないのかしら。商売になればいいってもんじゃないわ」

自分のことを遠くの棚に放りあげて、京お姉さまは正論をのべた。遠まわしに、瞠がたしなめる。

「でも、お客さんたちにしてみたら、歴史がどうこうというより、こわがる材料がほしいだけでしょ？　ドラキュラなんかだったら、よそのお化け屋敷だってやってるだろうけど、ミュンスターの千年王国なんて、他にどこもやってない。めずらしいだろうし」

「たしかにね、まじめに歴史学や宗教学をおさめた人なんて、最初からこんなところへ来ないだろうしね」

すこし話がかみあわなかったが、管理事務所の窓口で案内を請《こ》う。遊園地らしく、お菓子の家を模した建物だが、屋内《なか》にはいると、おどろくほど殺風景《さっぷうけい》だった。コンクリートや鉄骨がむき出しで、段ボール箱やポリバケツがいくつも置かれている。客の眼のとどかないところに費用はかけないということだろうか。

ほどなく、体格のいい、四〇代とおぼしい男があらわれた。

「総支配人の小曽根《こそね》です。椅子《いす》もおすすめできなくて申しわけないんだが、事務的な話を椅子にすわって長々とやる必要はない、立ったまままさっさとすませろ、というのがオーナーの方針でして」

開口するなり、弁明じみた台詞《せりふ》だった。事務用のスチール製デスクに安っぽい椅子がひとつだけの部屋だ。応接セットはもちろん、一枚の絵も飾られていない。壁にかかっているのは業績をしめすグラフだけ。「殺風景」という形容そのものだ。

「さすが合理主義の権化《ごんげ》といわれる積木オーナー。『過労死する社員だけがいい社員だ』という名言の主だけありますね」

「皮肉ですか」

「いえ、イヤミです」

京お姉さまはすましていい放ち、小曽根を絶句させた。

「でも、確認できて、それはそれでよかったですけど。今回の依頼はオーナーのご存じないことですね」

「ほう、どうしてそう思うのです？」

「合理主義と称して社員を安月給でこき使い、まともに税金も納めないような人が、幽霊を信じるわけありませんから」

小曽根はかろうじて笑いに似た表情をつくった。

「たしかにオーナーは迷信ぎらいですが……」

「迷信って、有害なばかりでもないんですよ。何かを畏《おそ》れるという気持ちがあれば、破局の一歩手前で踏みとどまるってこともありますからね」

「そういうものですか」

「一番タチが悪いのは、迷信を悪用して自分の欲望を実現させようというタイプです。あたしたちの手をわずらわせるのは、たいていこのタイプですけど」

「なるほど、では現場を見ていただけますかな」

小曽根総支配人は先に立って部屋を出た。体格のいい彼にとって、せまい部屋に客といっしょにいるのは、窮屈《きゅうくつ》なことなのだろう。短い髪に陽灼《ひや》けした肌。若いころは一流半クラスのプロゴルファーであったという。

「恐怖の千年王国」の建物にはいるとき、裏口をあけたので、瞠が問うた。

「何かあったら警報が鳴ったりしませんか」

「警報は鳴らないようにしてあるんです」

「どうして？」

「先月たてつづけに誤作動《ごさどう》がおきて、騒ぎになって、苦情が出ましてね」

「お客から？　オーナーから？」

「……両方です」

管理事務所と同様、客の目にふれない場所は徹底的に資金《カネ》をかけてない。ときおり、薄い壁の向こうから入館者の悲鳴や笑声がつたわってくる。小曽根に呼ばれて、証言するため、スタッフがかわるがわるあらわれた。若い人が多く、最初はぎごちない態度だったが、瞠を相手にしだいに口がなめらかになってくる。

「うん、ありゃあ怖《こわ》いよ。何が怖いんだか、じつはよくわからないんだけどね」

「よくわからないから怖いんじゃない？」

「そうかもしれない。何でああ慄然《ぞっ》とするんだろう。照明やら空調《エアコン》やらをうまく使ってると思うんだけど、すうっと目の前が暗くなって、頸《くび》すじがまた、すうっと寒くなるんだよね」

「じっさい貧血おこしたやつもいたし」

　スタッフの間だけだったら噂話ですんだのだが、来館したお客がつぎつぎと倒れたとあっては放置しておけない。一度ならず救急車が駆けつけ、有害物質が洩《も》れている可能性もひそかに指摘された。表《おもて》ざたにならなかったのは、オーナーの積木が、この県から選出されている大物代議士のスポンサーで、おまけに地元の新聞社にも出資しているからだ。

　しばしば物もなくなる、という証言も出て、京お姉さまは小首をかしげた。

「物がなくなるとすると、まあだいたいは単なるドロボウなんだけど、たまには般運術《はんうんじゅつ》を使うやつもいるかな」

「般運術って？」

「物質移動《テレポーテーション》のことよ」

「へえ、知らなかった」

「何よ、忘れたの、しようがないわね」

「まだ教えてもらってなかったと思うんだけど」

「いずれにしても、人間以外のものがかかわっていることはたしかね」

京お姉さまは、甥の異論を強引にねじ伏せる。早くカタをつけて、ショッピングにいきたいにちがいない。

管理事務所では出ガラシのお茶しか出なかったので、京お姉さまは瞠をひきつれて場内のコーヒーショップに陣どった。ここが作戦司令部というわけだ。小曽根総支配人はオーナーに呼びつけられて、あたふたと出ていく。彼には京お姉さまの携帯電話の番号を教えてある。

京お姉さまはウィンナコーヒーを、瞠はホットミルクを頼んだ。ミルクは何とかしてネコたちにわけてやるつもりだ。

「瞠には何か意見がありそうね」

「考えたんだけど、悪い噂が立って客がへれば、あのオーナーはかならず現地に乗りこんで、小曽根さんたちを叱《しか》りつけるでしょ？　それをねらって騒ぎをおこしたんじゃないかな」

「ふむ、つまりあんたは今回の一件をこう解釈してるわけね。これはオーナーをおびきよせるための仕掛けだって」

「どうかな」

「悪くないわよ。いや、あたしもそう思う。とすると、だれかがオーナーの生命をねらってるってことになるのか」

しなやかな指を顎《あご》の先にあてながら、京お姉さまはかるく眉をしかめた。

「……」

「まずいぞ、やる気がなくなってきた。あんなオーナー、殺されたってちっとも哀《かな》しくないし不穏当な発言のさなか、京お姉さまの携帯電話が低く不気味に鳴りわたる。着信メロディは彼女のお気に入り、ヘルマン・フォン・ブライザッハの「死神は空を行く」だった。

Ⅲ

「ゆ、幽霊だあ、すぐ来てくれ……！」

携帯電話からひびきわたったのは小曽根総支配人の声だ。

瞠は立ちあがった。京お姉さまは、バスケットの蓋《ふた》をあける。二匹の金華猫《きんかびょう》、金童《きんどう》と銀童《ぎんどう》が出てきた。クロネコの金童は戦意満々、いきおいよく躍《おど》り出たが、力あまって空中で一回転し、四肢《しし》をそろえて着地する。キジネコの銀童は「ふんわり」という表現そのまま、やわらかな身ごなしで出てくると、きちんと肢《あし》をそろえておじぎをする風情《ふぜい》。

「三人とも、よく働くのよ。あたしはここで計画を練ってるから」

「何の計画？」

「アウトレットで何を買うのかの計画。時間にだってかぎりがあるし、うろうろしてるとろくでもないもの買わされるからね。ほら、いったいいった」

瞠は駆け出した。左右を二匹の金華猫が守って走る。おどろきの眼やとがめる声を振り切るように、駆けつけたのは貴賓室《きひんしつ》だった。つまりオーナーの専用室だ。

管理事務所からは想像もつかない豪華な部屋だった。オークの扉が開け放しになっている。

冷気が流れ出ていた。瞠が見たのは、床の中央に立ちすくむ積木オーナーの姿だ。

「な、何だ、何だ、お前は!?」

恐怖が虚勢を圧倒して、積木の声がひきつっている。

独裁者の周囲に、秘書やらボディガードやら、一〇人ほどの男がおりかさなって倒れていた。大量の気を吸いとられ、半死状態になっているのだ。顔は土色で、口角から泡を噴き、手足をひくつかせている。彼らの上に、黒い煙がたゆたっていた。

瞠の手から何かとがった物体が放たれた。不浄をはらう桃の木からつくられた大きな楊子《ようじ》だ。たてつづけに三本。黒い煙をつらぬいて壁に突き立つ。黒い煙は音もなく揺らめいて、人間たちの上から離れた。

宙で一転して、二匹の金華猫が変身する。目撃者は男だ。男の前で、金華猫は美女に見えるのだ。

まじまじと、積木が幻影の美女たちを見やった。視線を瞠にうつすと、男としての嫉妬を声と表情にこめる。恐怖より俗情《ぞくじょう》のほうがまさるというふてぶてしさだった。

「ガキのくせに両手に花か。けっこうなご身分だな」

「とんでもない、鬼コーチですよ」

真実を瞠は答えたのだが、人間は信じなかったし、ネコたちも不本意だったようだ。

青いチャイナドレスの美女、とは金童が変身した姿だが、微笑のかけらすら浮かべず、黒気に対抗するポーズをとった。呼応《こおう》するように黒気が動き、一部が太い棒のように伸びて、金童を打とうとする。

青いチャイナドレスの美女は、音もなく、体重までないかのように、宙に浮いた。床を蹴《け》ったとも見えず、マホガニー製らしいりっぱなテーブルの上に乗っている。

「こいつはおどろいた、ネコみたいだな」

じつはネコなのだが、知らぬが仏で、積木は感心する。金童は軽蔑の視線をオーナーに投げつけると、ふたたび音もなく宙に舞った。黒気の太い棒が、その足もとをかすめる。半固体化したその棒に打たれれば、普通の人間は、三日は起きあがることができない。

黒い気のかたまり。煙か靄《もや》か、上下左右に伸縮し、濃くかたまったかと思うと薄く拡散する。人間のような形にもなるが、すぐくずれて、アメーバのように変形しつつ薄くひろがる。その動きにつれて室温まで上下するかのようだ。倒れた人間たちから生気を吸いとって膨《ふく》らむのだが、吸いとる容量に限界があって、余分な量を放散する。いずれにしても、倒れた人間たちは気を奪われたまま仮死状態だ。

紅いチャイナドレスの美女、つまり銀童が花瓶《かびん》をつかんで黒気の中心へ投げつけた。核を打たれて、黒気が形をくずしつつ、棒を青いチャイナドレスの美女に打ちおろす。

あやうくかわして、金童は、窓ぎわへ跳《と》びのいた。黒気の棒が床にあたって弾《はじ》ける。兄弟分の無事を確認して、銀童も床を走りぬける。一瞬でネコの姿にもどると、たたずむ瞳の左右に、四肢を踏んばり、尾を立てた。少年がほほえみかける。

「ご苦労さま、金童、銀童」

そのときすでに、積木から、他をかえりみる余裕はうしなわれていた。ゆらゆら揺れる黒気が、彼にせまっている。

「お、おれをだれだと思っとる……」

うめきながら、積木はかろうじて身体《からだ》を動かした。冷汗にまみれ、表情をひきつらせながら、それでも足を運ぼうとする。まだ独裁者としてのプライドがうしなわれていないのは、あっぱれというべきだった。

壁面に飾られているゴルフクラブに手を伸ばす。姿勢がくずれかける。踏みこたえようとして、靴が小曽根総支配人の脇腹のあたりを踏みつけた。弱々しく苦痛のうめきがおこる。一顧《いっこ》だにせず、ゴルフクラブをつかむと、積木は身を返した。

振りまわしたゴルフクラブに、異様な手ごたえがあった。固体にあたってはねかえる、という感触ではない。そこだけ空気が重く湿って、まるで水中にいるかのようだった。一瞬ごとに身体が冷えていく。

「幽霊だと？　ばかばかしい、おれは信じないぞ。信じてたまるか」

ゴルフクラブを持ちなおして、積木はあえいだ。額《ひたい》から頰《ほお》や鼻すじに、汗が透明な紐《ひも》となってつたわり落ちる。持ちなおしたはずのゴルフクラブは、腕の慄《ふる》えに応じて激しく上下に揺れた。

瞠が口を開いた。この少年は、先ほどから壁面の棚にならんだ高級そうな洋酒の瓶を、興味深げにながめていたのだ。

「ぼくにはお酒のことはよくわからないんだけど、一番高価《たか》いのはどれですか」

「おれが安い酒など飲むと思うか！」

「わかりました」

瞠は棚に飛びつくと、左右の手に洋酒の瓶をつかんだ。ナポレオンかヘネシーか知らないが、酒を飲まない瞠にとっては一文《いちもん》の価値もない。振り向きざま、幽鬼に向かって酒瓶を投げつける。

重い酒瓶はうなりを生《しょう》じて飛び、幽鬼の体を突きぬけた。壁にたたきつけられる。なお割れずにはね返り、床に落下して、はじめて砕けた。

琥珀《こはく》色の飛沫《しぶき》が飛散し、強烈な匂いが立ちのぼる。アルコールの靄が室内に舞って、金童が迷惑げに小さなクシャミをした。

黒気が揺らいだ。いくつもの方向に同時に伸びたので、大きなコンペイトウを想わせる形になったが、それもごく短い間だった。みるみる形がまとまって、人間のような姿になると、床に這《は》った。いまさらながら、積木は目をむいた。床にひろがるアルコールの池が縮小していく。口の位置するあたりから、黒い人影がぐんぐん酒を吸いあげていくのだ。

酒がほとんど吸いあげられ、床が濡れているだけの状態になったとき、瞠が服の内ポケットから護符《ごふ》をとり出した。桃材の板に朱筆の文字。それをたたきつけると、黒い人影は一瞬で形をうしなった。激しく乱れ、伸縮したかと見ると音もなく弾けた。そのまま消え去ってしまう。

「もう大丈夫です」

「幽霊が酒を飲むとはな……知らなかった」

「幽霊にもよりますけどね」

「酒の弁償《べんしょう》はカンベンしてやる。そのかわり何がどうなったか、きちんと説明しろ」

汗をぬぐう積木の姿を見やって、瞠はわずかに肩をすくめた。

「漢方でいうと、酒は気を散らすものなんです。気というのは生体エネルギーだとでも思ってください。酒を好む幽霊、これを嗜酒《ししゅ》というんですけど、酒精《アルコール》を吸収することで陽《プラス》の気をとりこんだわけです。すると、その気が陰《マイナス》の気を追い出してしまう。風船が弾けるみたいに消えてしまうんです」

「わかるようなわからんような話だが……待て、そもそもお前は何者で、何でこんなところにおるんだ。部外者のくせに、どうやってはいりこんだ⁉」

「ぼくは走無常《そうむじょう》といいます」

溜息《ためいき》をこらえて、瞠は自分の職業をつたえ、総支配人の小曽根に依頼されてここへ来たと告げた。つづいて、注意をうながす。

「だいたいテーマパークやアウトレットみたいな場所に幽霊が出るのは、おかしいんです」

「どうしてだ」

「生きた人間は陽の気のかたまりです。幽霊つまり死者は陰の気のかたまりです。初歩の数学みたいですけど、プラス一〇〇とマイナス一とをあわせると、いくつになりますか」

「プラス九九だ」

「ね、マイナス一は多数のプラスに吸収されて、消滅してしまうんです。何万もの陽《プラス》の気が密集しているところに、何体かの幽霊がやって来ても、せいぜい二、三日で消滅してしまいます。だから幽霊が出るのは、人が住んでいる場所ではあっても、暗くて寂しい場所にかぎるんです」

「ふん、そういえば子どものころ祖母《ばあさん》から聞かされたもんだ。暗い夜道とか、トイレとか、ひとりきりになる場所ではくれぐれも用心しろ。お化けが出るぞってな。くだらんと思っていたが……」

積木の口調は苦々しげである。

「で、走無常といったな、お前はどんな結論を出したんだ。さっさといってみろ」

「幽霊は好んでここへ来たんじゃない、ということです」

鼻先で積木は笑った。

「おいおい、いやがる幽霊を、どうやって来させることができるんだ」

『灤陽消《らんようしょう》夏録《かろく》』の第十三章に記してあります。妖怪や幽霊を退治《たいじ》できるからには、使役《しえき》することも可能だ、とね。その方法を、役鬼咒《えききじゅ》というんです」

積木は、汗をふいたハンカチを丸めてスーツのポケットに押しこんだ。

「そうか、幽霊を使うことができるのか。だとしたら、考えてもいいな」

真意をつかみかねて、瞠がだまっていると、積木は声高にいいつのった。

「おい、幽霊には給料をはらわなくていいんだろう？　労働時間も関係ないはずだな。だったら人間よりはるかにましだ。やつら、役立たずのくせして、給料が安いだのサービス残業はいやだの、不平ばかり鳴らす。いっそ全員リストラして、幽霊どもをやとおうか」

　何か答えようとして、瞠はあきらめたように口を閉ざした。二匹の金華猫のほうを向く。

　銀童はすでに動いていた。先代オーナーの胸像が飾られているサイドボードの前で、何かを告げるように、くりかえし鳴く。

Ⅳ

　瞠はサイドボードの前にひざをついた。さらに身を低くして、サイドボードの下底部に手を伸ばす。引き出した手に握られていたのは、黒くて硬い長方形の紙だ。二行にわたって赤い文字が書きつらねられていた。

「符呪《ふじゅ》です」

「何だ、それは」

「わかりやすくいうと、呪《のろ》いのお札です」

「なるほど、そういわれるとわかる」

　積木は手を伸ばした。立ちあがった瞠の手から符呪を奪《と》ろうとしたのだが、にわかに手を引く。あやしげで危険なものに、あえて触れる必要はないと思ったのだろう。

「これを証拠として、警察に提出できんのか。おれみたいな大物を殺そうとしたんだ。徹底的に捜査させてやる」

「超能力や霊能力を警察が認めたら、たいへんなことになりますよ。未解決事件は全部、呪いや祟《たた》りのせいにしてしまえばいいんですから。それより、ここに倒れている人たちを、放っといていいんですか」

瞠がいったのは、「救急車を呼んだら」という意味である。だが、積木はべつの行動をとった。床にしゃがむといきなり小曽根の襟首《えりくび》をつかみ、二、三発、平手打ちをくらわせたのだ。

「小曽根、きさまはおれの許可も得ず、部外者に企業秘密をべらべらしゃべったようだな」

「おゆるしください、オーナー……」

意識をとりもどして、小曽根はあえいだ。

「どうしたらよいか考えまして、専門家を呼ぶことに……」

「考えるだと？」

積木は見下したように笑い、手を伸ばして小曽根の厚い胸を突いた。

「体育学部の出身で、脳ミソまで筋肉でできているお前が、考えるだと？　勘ちがいもほどほどにしろ。考えるのは、おれひとりでいい。お前ら社員は、おれの命令どおりに動けばいいんだ」

小曽根の顔がゆがんだ。表情が動いた、というようなものではない。顔の造作《ぞうさく》そのものが一変したように思えた。それを見た瞬間、瞠は、小曽根が気絶をよそおっていたことをさとった。

「あぶない、積木さん」

陰の気がわきおこっている。負《マイナス》の精神的なエネルギーだ。それが小曽根の体内から生《しょう》じて渦を巻き、七穴《しちけつ》から湯気のように漏《も》れ出していた。七穴とは、両眼・両鼻孔・両耳・口のことだ。人体の内外をむすぶエネルギーの通路だ。

こわれた笛を、むりに吹き鳴らすような音。陰の気があまりに強く流れるので、大気との間に摩擦《まさつ》がおこっている。まともな人間あつかいされず、屈辱のかぎりを味わわされてきた男が、ゆっくりと身をおこした。

ひるんだように、積木が一歩後退する。やりすぎたし、いいすぎた。そうさとったときには遅かった。

「こ、小曽根、お前がおれを……」

声が咽喉《のど》にからみ、積木は逃げ腰で瞠をかえりみた。瞠は動かない。

立ちあがって正面から対峙《たいじ》すると、小曽根の体格は積木を圧倒していた。片手だけで積木をしめ殺すことができそうだ。まさにそうしようとして、一歩踏み出そうとした小曽根が、何か物音を聞くようすを見せた。

「何だ、あの音は何だ……？」

「鎖の音ですよ」

瞠が教える。

「鬼卒《きそつ》が、あなたを拘引《こういん》に来たんです。あ、鬼卒というのは冥府の兵士のことですけど、たぶんご存じですね」

小曽根は直接には答えなかった。自分の吐き出す黒気のなかに立ったまま、むしろ勝ち誇ったように声を高める。

「ふざけるな、鬼卒だと。鬼卒も陰曹官《いんそうかん》も、私に手出しできるわけがない」

「どうしてですか」

「私が生きてるからだよ。お前こそ知らないはずがないだろう。鬼卒も陰曹官も、死者をとりしまるのが役目だ。生きている人間をとりしまるのは越権行為だろうが」

「あなたが生きていればね」

「何だと」

どなろうとして、小曽根は不意に口を閉ざした。虚勢がしぼみ、恐怖と困惑が態度にあらわれる。七穴から噴き出す黒気の量がへったようだ。

「積木さんの命数《めいすう》は、まだつきていないんです。つきているのは、あなたの命数です。小曽根さん、あなたは左道《さどう》にかかわったでしょう。憎くてたまらない積木さんを呪い殺すために。でも、左道は、よほど厳格に用いないと、相手より自分の生命をそこなうんですよ」

じゃらん。あきらかに鎖の音が空中でひびきわたる。

「や、やめろ、来るなあ！」

両手を振りまわして、小曽根は絶叫する。恐怖に見開かれた両眼から黒気が散った。床に落ちたゴルフクラブをつかみあげると、すくみあがった積木をにらみつける。

「きさまこそ死んでしまえ！　きさまみたいな暴君は、生きているかぎり、多くの人間を苦しめるだけだ！」

ゴルフクラブがうなりをあげる。積木は悲鳴を放ってかわした。その動作は鈍く、ゴルフクラブは積木の左腕をかすめて壁を強打した。かすめただけでも、灼《や》けるような苦痛が積木の左腕を走った。

「ま、待て、やめろ、小曽根、自分のやってることの意味がわからんのか」

「わからないね。おれは脳ミソまで筋肉でできてるからな」

兇暴な喜びが、小曽根の両眼にあふれ出てくる。暴力によって優位に立ったことをさとったのだ。死に直面した恐怖を、一瞬、忘れるほどの喜びだった。ゴルフクラブを横なぎに一閃《いっせん》すると、先代オーナーの胸像がサイドボードから払い落とされ、重々しい音をたてて床をうつ。

瞠を見やって、積木がわめいた。

「おい、だまって見てないで何とかしろ！」

瞠はおだやかに応じた。

「あなたは依頼人じゃありません」

「だからといって見殺しにする気か！」

「いえ、あなたに命令されるのがいやなだけです。すこしだまっていてください」

瞠は進み出た。金童と銀童が左右に散開して、思わぬ事態にそなえる。彼らにとって、瞠はまだ未熟な弟子である。

「急急如律令《きゅうきゅうじょりつりょう》！」

朱筆の牌《ふだ》を小曽根に向けて突き出す。

「紂絶陰天宮《ちゅうぜついんてんきゅう》より閻羅《えんら》第一殿秦広王《しんこうおう》の職掌《しょくしょう》をもって汝を召命《しょうめい》す。速《すみ》やかに去れ、速やかに消えよ。勅令《ちょくれい》である！」

小曽根が彫像と化した。積木の頭部に一撃を加えるべく、ゴルフクラブを右肩の上に振りかざしたまま、微動だにしなくなったのだ。

いや、かろうじて左右の眼球だけが動く。正面をにらんでいた眼球が、恐怖をこめて左へ動いた。左の耳もとで鎖の音がひびいたのだ。

姿の見えぬ鬼卒がすぐ近くに来ている。叫ぼうとしたが声も出ない。

じゃらんじゃらんじゃらん。

三度めの音とともに、ゴルフクラブをにぎったまま小曽根の身体が倒れた。音をたててあおむけにころがり、二度、身体を慄わせる。

それで終わりだった。瞠が肩の力をぬき、息を吐き出す。

「気の毒でしたが、急性の、いわゆる心臓マヒということですね」

「何が気の毒だ。こいつは恩知らずにも、引き立ててやったおれを殺そうとしたんだぞ。もしおれが死んでいたらどうするんだ」

「死ぬ以外にも、つらいことってありますよ」

瞠の態度は、きわめてそっけない。

「脱税犯として逮捕され、地位も財産もうしなう、とかね」

「何だ、それは。おれは脱税なんかしとらんぞ、節税しとるだけだ」

積木が目を怒らせる。扉口《とぐち》で、皮肉っぽい声がした。

「あら、もっときついことがあるわよ。脱税の証拠を部下ににぎられて脅迫されたから殺した、と疑われたらまずいわよね。身におぼえがあるだろうし」

声の主は京お姉さまだった。査定する目つきで室内を見まわし、甥に声をかける。

「何とか終わったみたいね」

「まあ何とか」

「じゃ、いこうか。もうこんなところに用はないから」

「どこへ？」

「アウトレットに決まってるでしょ。いく店を八つにしぼったから、あんた、荷物を持つのよ。金童と銀童は役に立たないからね」

「八つなんて、ちっともしぼってないじゃないか。かなわないなあ」

小曽根の動かない身体に合掌《がっしょう》してかるく頭をさげると、瞠は歩き出した。

「おい、待て、まだおれの話は終わっとらんぞ。これからどうするんだ。何とかしろ」

積木の声に、狼狽《ろうばい》の気配がこもる。扉口で京お姉さまがひややかに振り向いた。

「あなたはまるで一九世紀の資本家みたいに傲岸《ごうがん》にふるまってるけど、もともとそんなに横暴な人でもないでしょう。積木家の養子として認められたい、当主としての地位をおびやかされたくない、だから必死になって強者らしく演技してるだけ」

「………」

「むしろ同情するわよ。でも、生きた人間のことは、あたしたちの管轄じゃないの。この後はあなたが自分で処理するのね。他人をどなる以外に自分ひとりでどれくらいできるか、やってみたら？」

ふたりの人間と二匹のネコが去り、扉が閉ざされると、積木寿弘は立つ力をうしなったように、その場にへたりこんだ。彼の周囲には、死者がひとりと、意識のない生者が一〇人ほど。だれも彼を助けてはくれなかった。

走無常4

偸《ちゅう》尸《し》怪《かい》

I

吉祥寺《きちじょうじ》の英国雑貨店「二人の女王《ツー・クイーンズ》」の扉があいて、合図の小さな鐘が優雅に鳴りひびく。

「いらっしゃいませ、今日は何をお求めでしょうか。センスのいい品がとりそろえてありますよ」

愛想のいい女性の声が、扉からはいってきた少年にあたって一変した。客ではなく、自分の甥《おい》だとわかったのだ。

「何だ、瞠《みはる》か」

「お客じゃなくて、ごめん」

「あら、あんたがお客になってくれてもいいのよ。ほら、このヘンリー八世が六人めの王妃の首を絞《し》めてる人形、特別に五〇〇〇円で売ってあげる。王妃が白眼をむいてるところがリアルでしょ。これぞ職人芸！」

「いらないよ」

「あんた、『ニベもない』って日本語、知ってる？」

「知ってるし、ときには実行する必要も感じてる。それより、新しい商品が山積みされてるはずなのに、店の中が広いね」

「ロンドンに注文しておいたのに、商品がまだとどかないのよ。まったく、英国人《あいつら》ときたら、紅茶を飲む合間にしか働こうとしないんだから」

「どうせ悪趣味な商品なんだろ？」

瞠少年は店の奥へと足を進め、マフラーとハーフコートをコートかけに引っかけた。

「ただいま、金童《きんどう》、銀童《ぎんどう》」

足もとに二匹のネコが寄ってくる。鋭い目つきのクロネコと、おっとりした感じのキジネコだ。前者が金童、後者が銀童である。

店の主人である若い女性は、形のいい鼻に引っかけた眼鏡《めがね》をかるく指で押しあげながら甥をひとにらみした。

「こら、あたしへの挨拶《あいさつ》はどうした」

「ただいま、京《みやこ》姉さん」

「どうも、おざなりね。これ以上、あたしの気に入らないことを増やさないでちょうだい」

「いったい何が気に入らないの？」

「あら、適切な質問だこと」

「適切な答えを返してほしいな」

「コンピューター、携帯電話、それにＤＮＡ鑑定よ」

「どうして？」

「わからないの？」

「わかるような気もするけど……」

用心深く少年が言葉を濁すと、京お姉さまは力説する口調になった。

「コンピューター、携帯電話、ＤＮＡ鑑定。こういったハヤリモノのおかげで、人類は貴重な文化財をうしないつつあるのよ」

「貴重な文化財って？」

「ミ・ス・テ・リー」

京の手に、新書サイズの推理小説がにぎられている。理工科系ビジネスマンが最新の科学技術を駆使して事件を解決する、というので評判の作品だが、どうやら彼女には、つまらなかったらしい。

「人類の文明は、一九五〇年代にもどるべきだ、と、あたしは確信する！　あのころにはまだエラリー・クイーンがいて、エルキュール・ポワロがいて、怪人二十面相がいて、金田一耕助《きんだいちこうすけ》がいた。それで充分。あと何も必要ない！」

胸を張って、古典派宣言をしてみせる。

「文明論はそれくらいにしてさ」

瞳がモスグリーンの天鵞絨《ベルベット》をはった、いかにも英国調の椅子《いす》に腰をおろした。

「陰陽両界《いんようりょうかい》の秩序を乱そうとしてるのは、いったいどんな人？　出かける前に、たしかめておかなきゃ」

「あら、仕事熱心だこと、感心感心」

「どうせなら、なるべくきちんとやりたいだけだよ」

瞠のひざに、「こら、ひざを貸せ」という態度で金童が乗ってくる。銀童はお行儀よく少年の足もとにすわりこむ。

京はデスクの上からファイルを取りあげた。

「名前は漆《うるし》田《だ》光《こう》紀《き》」

読みあげつつ、自分も甥と向かいあう形で椅子にすわる。

「三五歳、独身、資産が、ええと、三〇〇〇億円か。しかも背が高くて美男子《イケメン》。死んだのは昨日だけど、まだ公表されてない。これじゃ早逝《はやじに》してもしかたないわね」

「そういうものなの？」

「この上、健康で長生きして家庭円満というんじゃ、世の中、不公平すぎるでしょ。せめて早逝でもして、死後に遺産あらそいでもおきなきゃ」

「ウルシダって人、ＴＶや新聞で名前を見た気がするな。投資家、だったっけ？」

「金融工学者で投資家よ。要するに、カネもうけのための技術を修《おさ》めて、それを実行してめでたく成功したってわけ。自己懐疑と縁のない人生だったわけね」

ファイルを閉じて瞠に手渡すと、京お姉さまはすぐ椅子から立ちあがった。

「今回はちょっと、いつもとちがう武器を調達しといたからね。持っておいき」

京お姉さまが奥から持ち出してきたのは段ボール箱だ。白っぽい、得《え》体《たい》の知れないものがビニール袋につまっている。

「これが武器？　いったい何？」

「湯の花よ」

「湯の花って、あれ？　温泉のお湯の中に浮いてる……」

「そうよ。こっちは草津《くさつ》、そっちは別府《べっぷ》。まあそれだけあれば充分だと思うけど、城崎《きのさき》と登《のぼり》別《べつ》も持っていく？」

「充分だけで充分」

「変な日本語ね」

「それより、湯の花なんか、いったいどうするのさ」

「教えたこと、おぼえてないの？」

「最初から教わってないよ」

　瞠が抗議すると、京は「ホントか？」といいたげな目つきをしたが、口に出しては手早く必要な説明をした。途中で瞠の質問がひとつふたつはさまる。

　説明を終えると、京は、各地の温泉の湯の花を何袋もテーブルにつみあげた。

「しっかりやってのけるのよ。もし失敗したら、あんたは、高級住宅地に湯の花をばらまいて歩く怪しい少年A、としてマスコミで騒がれることになるんだからね」

「この仕事、もうやめようかなあ」

「何いってるの。自分の仕事に誇りを持てないような、なさけない青少年に、あんたを育てた憶《おぼ》えはない。ほら、金童と銀童をつれていっておいで」

「晩ゴハンは？」

「ああ、もちろんその後でいいのよ」

「メニューは何？」

「ロールキャベツとサーモンマリネ、それに小海老《こえび》のピラフ」

「おいしそうだね」

「あたしがつくるんだから、おいしいに決まってるのよ。ほら、食べたいんだったら、てつだいなさい。冷凍食品をレンジで加熱するだけでいいという能天気な時代は終わったんだからね」

　一時間半後、エネルギーを補給した瞠少年は、京お姉さまに見送られて家を出た。日中は早春《そうしゅん》めいた陽気だったが、夕方になると急に気温が下がって、冷気が頸《くび》すじにまつわりついてくる。

　瞠少年はマフラーを巻きなおすと、足を早めた。後になり前《さき》になり、二匹のネコがついていく。

　瞠は背中のデイパックをかるく揺すった。かなり膨《ふく》らんでいるのは、今夜の「武器」が詰めこまれているためだ。

「まあ、重くないからいいけど」

　苦笑して、瞠は白い息を吐いた。

Ⅱ

ファンドという名の投資業を営《いとな》み、何ひとつ創造することなく、何ひとつ産み出さず、誰《だれ》の役にも立たず、三〇〇〇億円の資産を築きあげた漆田光紀の邸宅は、世田谷《せたがや》区《く》成城《せいじょう》の奥にあった。もとは高名な画家がアトリエ兼用の家を建てていたが、死後に遺族が手放したのだ。漆田は家とアトリエを取りこわし、生垣《いけがき》も撤去して、高いコンクリートの塀《へい》を築いた。

都心での活動拠点は、千代田《ちよだ》区《く》一番町《いちばんちょう》、イギリス大使館がすぐ近くの超高級マンションに置かれている。こちらの邸宅は私生活の場とされ、会社の関係者は基本的に来訪しないことになっていた。

漆田光紀の部下たちは、一番町のマンションを「上屋敷《かみやしき》」と呼び、こちらの邸宅を「下屋《しもや》敷《しき》」と称していた。専制君主につかえる家臣たちの心理は屈折している。本気でそう呼んでいるのか、ひそかにボスを揶揄《やゆ》しているのか、たぶん本人たちにもよくわからないだろう。

瞠少年は、五〇歩ほど離れた生垣の角から「下屋敷」をながめた。高すぎるコンクリートの塀、多すぎる監視カメラ。いったん手に入れたものをすこしでも他者に譲れば、自我が崩壊する、と信じこんでいる者の住居である。

正確には、個人の住居ではない。漆田の資産管理会社の社宅ということになっている。

「それじゃ、金童、よろしくね」

瞠は金童の飼主ではなく、弟子である。すくなくとも、金童はそう認識している。弟子の頼みに、フンと鼻を鳴らして、コンクリートの塀を見やった。五秒ほど偵察すると、それで充分だったようだ。音もなく疾《はし》り出した黒影は、塀に衝突するかのように直進すると、寸前で宙に舞いあがった。

平然として塀の上に着地すると、わざわざ監視カメラの前を横切って小走りに前進する。モニターに釘《くぎ》づけになっている人間どもに対する嫌がらせである。

やがて、これまた音もなく、塀の内側の芝生《しばふ》に跳《と》びおりた。建物の前へ進む。

塀が高く、監視カメラを何台も具《そな》えているくせに、建物自体はガラスだらけだった。とくに大きな一枚ガラスの向こうには、五人の女性がいる。暖炉《だんろ》があって天井にシャンデリアがかがやく、豪華で俗っぽいサロン風の部屋だ。

五人の女性は漆田光紀の愛人たちだった。姉妹ではないが、容姿はよく似ている。女性の美しさに対する漆田の好みがかたよっており、似たタイプにばかり執着を持つ、ということであろう。中背《ちゅうぜい》で、しなやかさを感じさせる身体《からだ》つき、肩までの長さの髪、白い肌に細い鼻すじ。年齢は二〇歳から三五歳というところで、おなじような女性を、さまざまな年代ごとに蒐集《しゅうしゅう》していたのだ。そんなくだらないことを金童は知りたくもないが、「二人の女王《ツー・クィーンズ》」で夕食をとりながら、京が瞠にあたえる情報を、ネコたちはテーブルの下でちゃんと聞いていた。

彼女たちは対等な言葉づかいをしている。全員、同格なのだ。漆田は会社でも自分の代理となるナンバー2を置かなかったし、その手法は私生活においても同様だった。愛人たちのリーダーなど不要である。

とはいえ、現実としては、年長者が漆田とのつきあいもそれだけ長く、年少者に対していくらかは優位に立っているようだ。

「いい？　ウルシダは独身のまま死んだのよ。結婚しないままにね。妻もいなければ子もいない。これがどういうことか、わかるでしょ」

「ど、どうなるの？」

不安そうに、いちばん若い愛人が安楽椅子から身を乗り出す。現役の大学生だ。

「ウルシダの財産は、全部あいつの親兄弟が相続するということよ。わたしたちは一円ももらえやしないわ」

「まさか」

「こっちが、まさかといいたいわね。ウルシダの親兄弟に何か期待してるわけ？」

「期待したらまずいかしら」

「あたりまえじゃないの。わたしたちは妻じゃなくて愛人にすぎないんだから、遺言でもないかぎり何の法的な権利もないのよ。住んでるマンションだって、わたしたちの所有物《もの》じゃないんだから」

反応する声が、悲鳴に近い。

「それじゃ、わたしたち、一文《いちもん》無《な》しで追い出されるの⁉」

「何の権利もないっていったでしょ」

年長の愛人は細いフランス製のタバコをくわえたが、火はつけなかった。

「まあ買ってもらった宝石やらブランド品やらは、こっそり持ち出せるでしょうけどね。それ以外はどうしようもないわ」

「それも甘いかもしれないわね。宝石やらブランド品やらを返せ、といわれるかも」

「そこまでやるかしら」

「ウルシダのやつ、あれだけ金持ちのくせして、親兄弟には一円の仕送りも援助もしてないのよ。たしかお兄さんの店が倒産したときも、無能者を救うのは自由主義社会の害悪だとかいって、見殺しにしたんじゃなかったかしら」

「同業者にもずいぶん怨《うら》まれてるしねえ」

「ま、勝ちつづけてる間はいいけど、こうなると味方は誰もいない。さみしいものね」

これらの光景を、クロネコの金童は黄金色の瞳でずっと透視している。金童の見た光景は、離れた場所にいる銀童の視界へと転送され、さらに銀童を抱いている瞠少年にも伝えられる。金童と銀童は、尋常《ただ》のネコではない。さまざまに不思議な能力を持っていて、瞠が任務を遂行《すいこう》するときに手助けするのだ。

愛人たちの会話からして、故人に才能はあっても人望がないことは、どうやらたしかな事実のようであった。

「ウルシダが報復されるのはわかるけどさ、わたしたちも巻きぞえになるのは理《り》不《ふ》尽《じん》じゃない？」

「わたしにいってもムダよ。ウルシダの親兄弟にいったら？　それもムダだと思うけど……」

愛人たちは口を閉じた。サロンの扉が前ぶれもなく開き、誰かが姿を見せたのだ。

「急死、いや、頓死《とんし》とは、まさにこのことだ。健康を過信して定期健診も受けなかった報《むく》いだな。医者の忠告をふくめて、他人の意見をまったくきかんから、こういうことになる」

声の主がサロンにはいってきた。

漆田の主治医の仲正昌輝《なかまさまさてる》である。年齢は五〇歳前後、容貌《ようぼう》はそれほどめでたくない。小柄で、顔面自体は横幅が広いのに、張り出した頬骨《ほおぼね》の下で頬がげっそり削《そ》げている。両眼は異様なほど大きく、鼻と口は小さく、血色はいちじるしく悪い。

「まるで流刑《るけい》にされた宇宙人だな」

というのが、主治医に対する漆田の評であった。もちろん漆田は宇宙人に遇《あ》ったことなどないが、そういうイメージをかきたてるのが、仲正医師の特異な容姿だった。

「何か用？」

愛人のひとりが、棘《とげ》だらけの声を投げつける。この主治医には、死んだ雇《やと》い主《ぬし》同様、人望がないらしい。

「何か用とは、おそれいったな。あんたたち五人を集めてお愉《たの》しみの途中で、思いもかけんことになった。救急車は呼ばれず、まだ死亡診断書も書かれていない状態だ」

仲正医師は卑《いや》しい笑いを浮かべていた。女たちの苦境を愉しむと同時に、打算をめぐらす表情が露骨《ろこつ》である。サロンの中央に背広姿で立ち、腰の後ろで手を組む。

「さてと、みんなが窮地《きゅうち》に立たされていることは、よくわかった。どうだね、ここはひとつ私が助けてあげようじゃないか」

女性たちは仲正医師に視線を集中させた。程度の差こそあれ、いずれも嫌悪《けんお》と軽蔑《けいべつ》をこめた視線である。だが、出ていけという者はいない。

漆田が死ぬとき、愛人たちは救急車を呼ぶのをためらった。ご乱行《らんぎょう》の場に踏みこまれるのを忌避《きひ》したからでもあり、漆田の死後に自分たちの立場がどうなるか不安だったからでもある。救急車を呼びそこねた以上、その後に押しかけてきた仲正医師に死亡診断書を書いてもらうしかないのが、愛人たちの現実だった。

Ⅲ

「ずいぶんえらそうな口きくじゃないの、仲正センセイ」

愛人たちのうち、二番めの年長とおぼしき女性が、態勢を立てなおしたらしい。あざけりの声を投げつけた。

「あんたがウルシダから主治医を解任されようとしていたこと、わたしたちが知らないとでも思ってるの？　五〇〇〇万だか八〇〇〇万だか、とにかくけっこうな金額を借りて、返済要求に応じないそうじゃないの。何に費《つか》ったかは知らないけどね」

「知らなくても、べつに差しつかえはない」

内心はともかく、仲正医師の表情に動揺はない。

「こまっている者どうし、争っても何にもなりゃせん。このさい助けあおうじゃないか」

「助けあう、ですって？」

「私は、ここにいるみんなを助けることができる。自分自身をふくめてな。強制はせんが、話に乗ったほうが賢明だぞ」

仲正医師の全身に、奇怪な自信のエネルギーがまつわりついている。愛人たちは気圧《けお》されたようだが、ひとりが慎重に口を開いた。

「いっとくけど、犯罪に加担するのはおことわりよ」

「犯罪？　ふん、死者を生き還《かえ》らせる罪など、この国にはないから、心配しなさんな。どのみち警察なんぞに解明できるはずもなし」

「生き還らせるって……」

愛人のひとりが口ごもる。仲正医師は明快だった。

「ウルシダに話を聞いておるだろう。生前のウルシダにな。それを実行する」

「生前」という言葉に毒をこめて、仲正医師は女性たちを見まわす。愛人たちは目に見えて動揺した。たしかに、「おれは死んでも生き還る。生命は金銭《かね》で買える」と豪語するのを聞いたことがある。もちろん愛人たちは信じなかった。勝者のあさはかな驕《おご》りだと思っていたのだ。

「まさか、ほんとにそんなことが……」

「信じられんかね。それならそれでけっこう、この件からは外《はず》れてもらうだけだ。いっておくが、リスクをまったく負担せずに何百億も受けとろうなんて、健全な資本主義精神とはいえんぞ」

死者を生き還らせることができる。そう主張するカルト集団の存在は、二一世紀にはいっても絶えることがない。前世や死後の世界を信じる者はいくらでもいる。半信半疑から七信三疑ぐらいへ、その場の空気を動かしたと看《み》てとると、仲正医師は、主導権をにぎった者の尊大《そんだい》さで話をすすめはじめた。

「ほんの何時間か蘇生《そせい》させるだけでいいだろう。その間に、遺言状を書かせるんだ。あんたたちに有利な内容のな」

仲正医師がいうと、すかさず、愛人たちの間から皮肉の矢が飛んだ。

「あんたにとっても有利なようにでしょ。あんまり恩着せがましいこといわないでよ」

「気にくわんなら、やめてもいいんだぞ」

むしろ陽気といってもいい口調で、仲正医師が脅《おど》しをかける。返答がないので、医師はほくそ笑《え》んだ。

「それとも、せっかくなら長生きさせるかね？」

愛人たちの視線が、サロン内を交錯《こうさく》した。肚《はら》の探りあいは短時間ですみ、身も蓋《ふた》もない台詞《せりふ》が飛び出す。

「長生きしてもらう必要なんかないわね」

「そうそう、遺言状さえ書いてもらえばいいの。それ以上、生きていられたってねえ、うっとうしいだけ」

　わざとらしく、仲正医師は溜息《ためいき》をついた。

「投資業界のプリンスも、あわれなものだ。ま、たしかに、生きていれば災厄《わざわい》もやってくる。これまで運が好《よ》すぎたからな。反動で、何人かの先輩たちみたいに、全財産をうしなったあげく刑務所いきの末路をたどるかもしれん。惜《お》しまれるうち、ボロが出ないうちにこの世から消えるのも、本人のためだろうて」

「それで、具体的にどうするの？」

　嫌悪感を隠しきれない質問が飛ぶ。

「具体的なことをいっても、お前さんがたには理解できん。三〇〇〇年来の呪法《じゅほう》を用いるとだけいっておこう。それよりもだな」

　仲正医師の眼光が愛人たちに突き刺さる。

「死者を生き還らせるには、ひとつ条件がある。絶対的な条件だ」

　愛人たちが斉《ひと》しく唾《つば》をのみこんだ。

「死者の身代わりになる人間が必要なのだ」

「身代わり……」

　仲正医師が演技《しばい》じみた声を張りあげる。

「いいかね、死者の数と生者の数は、正確に、まったく同数でなくちゃならん。でないと陰陽両界の均衡《きんこう》と秩序が乱れる。まあ、むずかしいことをいわんでも、考えてみればわかるだろう。ひとり生き還ったら、ひとり死ななきゃ計算があわんというわけさ」

「ちょっと待ってよ」

たまりかねたように、愛人のひとりが口をはさんだ。

「まさか、わたしたち五人のうち誰かに、代わりに死ねっていうんじゃないでしょうね」

「冗談じゃないわよ、そんなの！」

悲鳴じみた声に、仲正医師は色の悪い舌を出して下唇をなめた。

「ふん、それも一興《いっきょう》だが……」

「何が一興よ！　あんまり人をバカにすると……」

「まあまあ、熱くなりなさんな。心配いらんて、代わりに死ぬ者はもう見つけてある」

「誰なの？」

「あんたたちの知ってる男さ。いや、もったいぶってもしかたないな。秘書の月岡《つきおか》だよ」

愛人たちは顔を見あわせた。ああ、あいつか、という表情である。それはだめだ、という者はひとりもいなかった。

「異存があるかね」

「異存ってわけじゃないけど、本人は承知《しょうち》してるの？」

「しとるさ。ま、多少の礼金は必要だが、いいだろう、それくらい。あんたたちにとっては、ハシタガネというやつだ」

するとと愛人のひとりが肩をすくめてみせた。

「秘書といったって、犬の散歩係ぐらいしかできないやつだし、当人が納得してるならいいんじゃないの」

自分たちがやろうとしていることを正当化するための発言だった。反論する者はおらず、仲正医師に質問が向けられる。

「ウルシダの死体だけど、あのままにしておいていいの？」

「死体というか、身体がなくなったら生き還れないじゃないか」

「そ、そうだわね」

「さいわいまだ冬だ。誰にとってさいわいかはわからんがね。暖房を切っておけば、一日や二日は問題ない」

「一日か二日ですむんでしょうね？」

隠そうとしても隠しきれない不安と疑惑。仲正医師は薄笑いで応じた。

「すませるさ。すませなければ、あんたたちは破滅だ」

「あんただって破滅でしょ」

女性のひとりが決めつける。仲正医師は薄笑いを絶やさぬまま、右手の指を立て、わざとらしく振ってみせた。

「勘ちがいせんことだ。私の場合は、ウルシダが死んでめでたしめでたし。よけいなことをする必要は、まるでない。だが、あんたたちはちがうだろう」

「ちがいやしないわよ。あんただってお金銭《かね》がほしいくせに」

「ちがうさ、金額がまるでちがう。私はあんたたちの一〇〇分の一で満足さ。そんなことより、私の提案に乗るのかどうか確認しておきたいな」

仲正医師の視線が室内をひとなでする。異議をとなえる者はいない。

「よし、では月岡をここへ呼ぼう。いいかね、この件に関しては、今後しばらく私の指示にしたがってもらうぞ」

満足したようすの仲正医師が、背広の内ポケットから携帯電話を取り出した。

二分ほど後、呼び出されてサロンへ参上したのは、三〇代後半とおぼしき男だが、安っぽい背広につつまれた身体にも、血色の悪い顔にも、しまりがない。小肥《こぶと》りというより、むくんでいるといった印象である。

「月岡君、話は通ったよ」

短く、尊大に仲正医師が告げると、月岡は無感動にうなずいた。

「漆田社長を生き還らせるためだ。身代わりになってくれるな」

そういわれてふたたびうなずいた月岡は、いきなりしゃべりはじめた。

「私はね、自分でもよくわかってるんだが、何の能もない男なんです。運転だって、拙劣《へた》じゃないが、名人っていうほどでもない。これまで不動産会社やタクシー会社を、三度もリストラされました。それを、亡くなった漆田社長にひろっていただいたんですから……」

愛人のひとりが、ためらいがちに問いかけた。

「報酬《ほうしゅう》はどれくらいほしいの？」

「家族に三億円やってください。今後、一〇年間に、毎年三〇〇〇万円ずつ。私が長生きしたって、そんなには稼げませんからね。軽蔑してくれてかまいませんよ」

「軽蔑なんかせんさ。お前さんは功労者だからな。みんな、お前さんに感謝しとる。りっぱな葬儀を出して、ゴージャスな墓を建ててくれるさ」

　仲正医師は悦《えつ》に入った笑声をたてたが、女性たちはそれに唱和《しょうわ》しようとしなかった。さすがに、笑う気になれなかったのだ。人生の敗残者として月岡を軽視していたのだが、「これから死にます」といわれれば、すこしは憐《あわ》れみらしいものをおぼえる。

「よくわかったわ。たしかに条件は承知したから」

「ありがとうございます」

「ただねえ、念書みたいなものを書けといわれてもこまるけど」

　そういわれて、月岡は微笑したが、それは愛人たちに気味悪さを感じさせるような顔面筋肉の微動だった。

「いえ、念書などいりません。約束が守られないときには、化けて出るだけです」

Ⅳ

「さっきから犬が吠《ほ》えてるじゃないか。誰かが侵入したのかもしれんぞ。ちゃんと監視カメラは作動しとるんだろうな。侵入者を見逃したりしたら、契約解除だぞ」

頭ごなしに仲正医師からどなりつけられたガードマンは、思いきり口をとがらせた。

「何も見逃していませんよ。監視カメラのモニターを、交替で見張っていましたからね」

漆田邸の門の脇にあるガードマンの詰所《つめしょ》である。彼らは許可がないかぎり建物の内部にははいれず、むろん仲正医師も愛人たちも許可を出していない。

「見たのはネコだけです」

「ネコだと」

「ええ、ネコです」

「どんなネコだ」

「黒いやつだったと思いますが、ネコを追いはらったほうが、よかったでしょうか」

純然たる疑問だったとしても、皮肉に聞こえる。仲正医師は音を立てて舌打ちすると、乱暴に命じた。

「セキュリティー・システムを切ってしまえ」

「いいんですか」

「いわれたとおりにしろ」

仲正の表情と口調に、抵抗の無益をさとって、ガードマンは命令にしたがった。「セキュリティー・システム、切ります」と声を出したのはマニュアルどおりだ。

仲正にしてみれば、今夜だけは絶対に警察などの介入を許すわけにはいかなかった。最初からガードマンが来ないようにしておけばよかったが、いまからでも遅くない。まだ漆田の急死を知られていないだけでも、よしとしよう。

「システムを切りました」

「よし、お前たちはもう帰れ」

「え、ですが……」

「顧客の指示にしたがわないなら、契約は打ち切る」

「わかりました」

そう応じたのは年長のガードマンで、雇われる側の弱さをよく知っていた。仲正が出ていってしまうと、今度は、若いガードマンが舌打ちの音を立てる。

「あのオッサン自身が顧客ってわけでもないのに、あんないいかたしなくたって、よさそうなものじゃないですか。おれたちは奴隷《どれい》じゃないですよ」

「ああいう口のききかたしかできないやつがいるんだよ。しかも、そういうやつにかぎって金銭《かね》を持ってる」

年長のガードマンは、制服の上から警備会社のマーク入りのブルゾンをはおった。

「ま、金銭《かね》で他人の誠意や敬意が買えると思ってるなら、そう思っていればいいさ。いつか他人に背《そむ》かれるだろうが、おれたちには関係ない。だいたい、おれたちは客を選べるような身分じゃないしな」

「おれが心配してるのは、今夜、何かあったとき、おれたちの責任になるんじゃないかってことですよ」

いいながら、若いガードマンもブルゾンに袖《そで》を通した。

「やっぱり犬がいるなあ」

閉口したように、瞠少年はつぶやいた。職務上、豪壮な邸宅に侵入したことは一度や二度ではないが、高い塀と厳重なセキュリティー・システムの他、かならずといっていいほど犬が飼われている。相手の戦力が総動員されれば、アルセーヌ・ルパンでも怪人二十面相でもない瞠少年はつかまるに決まっているのだが、そうなったことはまだない。騒ぎになって警察が駆けつければ、こまるのは相手の方だからだ。

だが犬に吠えられると、相手に警戒される。やりにくくなってしかたがない。

両手に薄い手袋をはめ、デイパックをせおった少年は、銀童につづいて身軽に塀を乗りこえた。セキュリティー・システムが解除されたことは金童から伝えられているし、ガードマンたちが引きあげたことは自分の眼でたしかめてある。

塀の内側に降り立つと、飛ぶようにクロネコが駆けつけてきた。おそいじゃないか、と、ひと声、苦言《くげん》を呈《てい》する。セキュリティー・システムの解除された玄関から、ひとりと二匹は建物の内部にはいった。「お借りします」と誰にともなくいって、瞠は靴をスリッパにはきかえる。

「金童、ご苦労さま、案内してくれるね」

瞠は金童のあつかいに習熟している。頭ごなしに命令したら、金華猫《きんかびょう》の矜持《プライド》を傷つける。

まして金童は気むずかしいハードボイルド気質だ。

低姿勢でくるなら案内してやろうか。そういうポーズでゆっくりと金童が方向転換するより早く、パートナーの銀童はかろやかに廊下《ろうか》を歩きはじめている。銀童は金童よりずっとソフトな性格である。

ふたたび犬の咆哮《ほうこう》がおこって、人間とネコたちは身がまえた。

「あんまり騒ぐんじゃないわ、アリス、餌《えさ》をやらないからね」

怒ったような女性の声がする。アリスというのは犬の名前だろう。威圧感に満ちた咆哮とはつりあわない。つづいて男の声がした。

「あ、私がアリスをおとなしくさせますので、どうもすみません」

「いいわよ、あんたはもう死ぬんだから」

「はあ……」

「こうなったら、ウルシダが秘蔵してたレミー・マルタンとかロマネ・コンティとか、好きなだけ飲んでいいからね。キャビアだって食べていいわよ」

「ありがたいことで……ですが、その前にいちおう家の外を見てきます。気になりますんで」

どてどてと重い足音が近づいてくる。

常識はずれの会話が意味するものを考えながら、瞠は隠れ場所を移動しようとした。ところが、少年が移動する方向へ、足音もついてくる。短い会話の内容だが、足音の主が月岡という人物であることを、瞠はさとっていた。漆田の身代わりになって死ぬことになっているはずだ。

V

月岡と瞠が対面することになってはまずい。ここで妨害されては、こちらの任務が遂行できなくなる。

「金童、銀童！」

呼びかけられて、意味のわからないネコたちではない。キジネコの銀童が前方へ飛び出し、クロネコの金童は左手へと走った。軽やかに、銀童は壁を曲がった。そこにいたのは小肥《こぶと》りの人間の男、つまり月岡である。

「な、何だい、何ですか、あなたは……」

月岡の声が裏返った。やさしげな顔つきの美女がいきなり彼の眼の前にあらわれ、婉然《えんぜん》と微笑して、チャイナドレスの割れ目《スリット》から優美な脚をちらつかせたからである。キジネコがちょいと後肢《あとあし》をあげてみせたのだ、という事実は、月岡の認識の外にあった。人間の男の前では美女に化け、女の前では美男に化ける、という金華猫の魔力など、知る由《よし》もない。

月岡の脳裏に、「想定外」の三文字が浮かびあがり、香港《ホンコン》のネオンさながら、はでにかがやく。彼が立ちつくす間に、チャイナドレスの美女はするりと彼の傍《そば》をすりぬけた。むなしく口を開閉させながら、月岡が振り向いたとき、廊下の角に消えようとする尻尾《しっぽ》が一瞬だけ見えた。

「ちょ、ちょ、ちょっと待ってください」

せきこみながら自分も廊下の角を曲がろうとしてたじろぐ。そこから先のエリアは、呼ばれないかぎり立入禁止とされていることを思い出したのだ。彼は眉《まゆ》をしかめ、妙に陰惨《いんさん》な表情をつくって考えこむようすだった。

角の向こう、月岡からは死角になった場所では、漆田の愛人たちが不安といらだちを隠しきれずにいた。自分たちの正しさに確信が持てず、かといって、こんな愚かなことはやめよう、といい出す決断もつかない。

愛人たちのひとりが化粧室からサロンへもどってきた。小首をかしげながら、仲間たちに声をかける。

「誰かしら、いま廊下を男の人が走っていったけど」

「月岡か仲正じゃないの」

「あんなやつらと見まちがうわけないでしょ。すごい美男子《イケメン》でさ、韓国か中国の人だと思うんだよね」

「何でそう思うの？」

「それらしい服装してたのよ。中国服っていうのかな」

「服装だけ？　じゃ日本人かもしれないじゃない」

「でも、どことなく日本人ばなれした雰囲気だったけど」

日本人ばなれしているのではなく、人間ばなれしているのだが、そこまでは感じとれなかったようだ。

「ガードマンじゃないのね。だったら、誰が何の用でこの屋敷にはいりこんだのかしら」

「ちょっと、まずいんじゃないの、他人がはいりこんだら、秘密を知られてしまうわよ」

愛人たちは全員、立ちあがった。扉をあけて大声で月岡を呼びたてる。月岡はいそいそとやってきた。化粧室からもどってきた女性は、あらためて月岡をながめたが、顔といい体型といい、見まちがえるはずがない。

「誰か男の人がそっちへいかなかった？」

「いえ、誰も。何かありましたか」

「中国人か韓国人かわからないけど、若い男がいるらしいのよ」

「まだガードマンが帰ってなかったのではありませんか」

「ガードマンの服装じゃなかったわよ。それに、あんないい男、地道にガードマンなんかやってるわけないわ」

「……そうですか」

月岡は、太いが力強さに欠ける頸《くび》すじをかるくたたいた。その表情を見て、女性たちはわずかにしりぞいた。これまで軽視してきたが、急に気味の悪さを感じはじめたのだ。

月岡は猜疑《さいぎ》に駆られていった。つい先刻、自分が遇ったのは、チャイナドレス姿のたぐいまれな美女だ。漆田の愛人のひとりが見たのは、若い美男だという。つまり美男美女のカップルが、この屋敷に侵入したというのか。

「その男、武器みたいなものは持っていましたか」

「気がつかなかったけど、たぶん白手《すで》でしょ」

「とにかく捜してみます。あなたがたはサロンにいらしてください。危険ですから。いいですね」

「わ、わかったわ」

月岡ごときに指示されるのは不本意だったが、愛人たちはうなずきあって、月岡がサロンから出ていくのを見送った。

「仲正のやつは何してるのかしら」

ほんの一、二分たって、愛人たちのひとりがつぶやいたとき、サロンの扉が開いた。月岡が出ていったのと別の扉から顔を出したのは当の仲正医師だ。まるで愛人たちの声が聞こえたかのようなタイミングだった。

「儀式のために二階へ上ろうとしとったんだが、誰か何かまいたのか。妙な匂《にお》いがするぞ」

愛人たちはいっせいに空気の匂いをかいだ。

「あら、ほんと、何これ、卵が腐ったみたいな匂い」

「そう？　温泉みたいな匂いだけど」

「あんた、まともな温泉にいってないんじゃないの」

女性たちの声を背に、仲正医師は表情をこわばらせ、階段を二階へと駆け上った。二階には暖房をいれてない。照明も消してあったが、仲正医師の手でスイッチがはいり、暗かった廊下が蛍光灯に照らし出された。ひえびえとした空気の中に立って、仲正医師は、廊下に散乱する異物をにらみすえた。

「誰だ、誰が湯の花なんかをまきちらした。何のまねだ⁉」

低い機械音がわきおこる。強烈な硫黄臭《いおうしゅう》に反応して、廊下に置かれた空気清浄機が稼動をはじめたのだ。

仲正医師は二、三歩すすんだ。とある扉の前に立つ。かたく閉ざしていたはずの扉が、わずかに開いている。そこは漆田の寝室だった。

「湯の花……」

思いあたったように、仲正医師の眉が動いた。

「硫黄か！」

仲正医師はあえぎ、扉のノブに手をかけた。さらに扉を開くと、冷気と硫黄臭のかたまりが押し寄せてきた。

天蓋《てんがい》のついた豪華なベッドの上に、生前は人間と呼ばれていた物体が、あおむけに横たわっている。その上にも、湯の花が満遍《まんべん》なくかけられていた。絹《きぬ》のパジャマの上だけでなく、顔にまで。

仲正医師はベッドに駆け寄った。

「ちくしょう、誰がこんなまねを……」

湯の花を払い落とそうとして、行動の無益に気づいたらしく、手をおろす。呼吸が荒い。

「こんなに硫黄をまかれたのでは、もう呪法は使えん」

「何だ、どういうことだよ」

うわずった声が背中を打ち、仲正医師は振り向いた。正体を観破《かんぱ》された宇宙人のような顔で、声の主をにらむ。悪意の棘《とげ》を突き刺されて、一瞬ひるんだのは、秘書の月岡だった。左手に何かさげたまま、右手で顔の前の空気を払う。

「ひどい匂いだな、だが、いきなり事情《わけ》のわからんことをいわんでくれ。呪法がダメになったっていったのか？」

「そういったんだ」

「湯の花がばらまかれたからか」

「硫黄がまかれたからだ。見ろ、目にも鼻にも口にも、湯の花がかけられてるだろう。硫黄ヲ以《もっ》テ七穴《しちけつ》ヲ塞《ふさ》ゲバ、即《すなわ》チ鬼霊《きれい》モ生霊《せいれい》モ出入《しゅつにゅう》スル能《あた》ワズ……」

「冗談はやめてくれ！」

月岡の顔と声が引きつる。気の弱い凡人《ぼんじん》の仮面が砕《くだ》け散ると、下からあらわれたのは陰惨な悪意と欲にあふれた素顔だった。

「いまさらできないだと？　できないですむと思うか⁉　湯の花なんぞで、おれの再生を妨害されてたまるかよ」

月岡はベッドに駆け寄り、漆田の遺体をおおう湯の花を右手で払い落とした。妄執《もうしゅう》にぎらつく眼光で、顔からもパジャマからも湯の花をつかみあげる。ふと振り向くと、仲正医師が扉から外へ出ようとしていた。

「おい、どこへいくんだ⁉」

もはや敬語を使うふりすらしない。荒々しくわめき、手にした湯の花を投げつけた。肩口に湯の花があたって、仲正医師が立ちすくむ。月岡はとびかかるように腕をつかんだ。

「きさまだけ逃げるつもりか」

「逃げるんじゃない、手を引くんだ。商談不成立、契約も無効だ。全部なかったことにするからな」

「戯言《ざれごと》をいうな。きさまが持ちかけた商談だろう。契約を守れないというなら、ペナルティーを受けてもらおうじゃないか」

医師のネクタイをつかんだ月岡は、廊下にたたずむ人影に気づいた。ブルゾン姿の少年だ。

「何だ、お前は」

「走無常《そうむじょう》といいます」

Ⅵ

「走無常だと?」

いまさらのように蒼《あお》ざめたのは仲正医師で、月岡は兇暴《きょうぼう》に歯をむき出した。医師のネクタイを右手でつかんだまま、血走った眼で少年をにらむ。

「不法侵入だぞ、わかっているか、ガキ、いますぐ警察を呼んで、きさまをつかまえさせてやる」

「どうぞ呼んでください」

「何だと」

「ついでに週刊誌の記者も呼んでくださってけっこうです。投資業界のプリンス、日本でも指おりの青年富豪が急死して、翌日になっても届け出がない。さぞ週刊誌の商売の種になるでしょうね」

「たしかにそうだろうな、それじゃ、この場で解決しようか」

月岡が重そうに持ちあげたのは、先刻から左手にさげていた物体だった。銃身が黒く光る。英国製の散弾銃である。

「ウルシダのやつ、多趣味でな。ゴルフにビリヤード、狩猟《しゅりょう》にヨット。読書の他は何でも手を出してやがった。何で読書がダメかというと、ＰＣ《パソコン》の画面に出てくる文字でなきゃ読めない、活字だと読んだら頭が痛くなるっていうんだから、お笑いだぜ」

冷静に、瞠は指摘した。

「銃声がしたら、近所の人が警察に通報しますよ」

「ちっ、狡猾《こうかつ》なやつめ」

「あなたにそんなこと言われたくないです」

さすがに不快そうな声で瞠は応じ、仲正医師と月岡を等分に見わたした。

「生きている人どうしの問題だったら、ぼくはここへ来たりしません。あなたたちなんかに、あいたくもない。でも、陰曹官《いんそうかん》から指示があったから、しかたないんです」

「さっきから何をいってるんだ」

「ドクター仲正に尋《き》いてみてください。呪法ができるんだったら、知らないはずがありません」

少年だけでなく、月岡の視線も受けて、仲正医師は狼狽《ろうばい》した。月岡に右手でネクタイをつかまれたまま、声をわななかせる。

「こ、これ以上いわせておくのか。月岡、こいつをずっと黙らせておいたほうがいいぞ」

「殺す」という物騒《ぶっそう》な動詞こそ使わないが、仲正医師の表情と口調は雄弁をきわめた。月岡は眼を細め、少年に向けていた銃口をおろした。

「いや、こいつのいうとおりだ。警察が駆けつけてくるようなリスクはいま冒《おか》せん。ばかばかしい、儀式が無事に終わるまで、地下室にでも閉じこめておけばいいんだ。儀式が終わったら、誰が何といおうと、恐れることはない。だいたい、このガキは不法侵入者なんだからな」

「後でこいつがしゃべったら……」

「いいかげんにしろよ、ドクター。後でこいつが何をしゃべっても、誰も信じやせん。こわいのは、現場に踏みこまれることだけだ。さっさと儀式をすませろよ」

「だったら、このガキを何とかしろ」

仲正医師が瞠を指さす。狡猾な指示に、月岡は一瞬、考えてからうなずいた。散弾銃をふたたびあげることはしない。小さな笛をとり出してくわえる。何の音もしない。ゆがんだ笑いを浮かべて笛をおさめると、月岡はどなった。

「アリス、いい子だ、こっちへおいで」

応《こた》えたのは、猛犬のうなり声だった。ネコたちが毛をさかだて、瞠の左右で身がまえたとき、廊下の端から何かがあらわれた。

出現したのは、大きな土佐犬《とさいぬ》だった。気の弱い幼児なら、見ただけで泣き出しそうな獰猛《どうもう》な迫力だ。成人《おとな》でも笑うに笑えないのは、その猛犬がピンクのリボンをつけ、フリルつきの女児服を着せられていることだった。犬に罪はなく、飼主の悪趣味であろう。いずれにしても、この土佐犬がアリスだった。月岡が吹いたのは犬笛で、その音は犬には聴こえても人間には聴こえない。

「こいつは不法侵入者で、悪いやつなんだ。噛《か》みついてもいいよ、正当防衛だからね。さあ、おやり」

土佐犬は月岡に馴《な》れているようだ。尻尾こそ振らなかったが、ためらうことなく指示にしたがった。威迫《いはく》のうなり声を不気味に低め、力感あふれる歩みをはじめたが。

停止した。アリスの小さな眼に猜疑《さいぎ》の光が宿り、鼻がひくつく。瞠少年の手袋をはめた手が、ビニール袋を引き裂いていた。アリスが咆哮し、宙に躍《おど》りあがっておそいかかった瞬間、中身を猛犬の顔に向かって投《とう》じた。

悲鳴が炸裂《さくれつ》した。

土佐犬の悲鳴だ。人間の嗅覚《きゅうかく》にとってさえ刺激的な硫黄臭のかたまりを鼻先にたたきつけられたのだから、犬が耐えられるはずはない。床を鳴らして落下し、激痛に鼻をうずかせ、口から唾液《だえき》を飛ばし、ころげまわって苦悶《くもん》する。

「ごめんよ」

瞠少年はあやまったが、アリスには聞こえなかったろう。かろうじて身をおこすと、尻尾を垂《た》らし、みじめな敗残兵の姿で、だが素早く逃げ出した。半分開いた扉に、大きな身体をすべりこませ、あわれっぽく鳴きながら、床を鳴らして遠ざかっていく。

月岡と仲正医師は、啞然《あぜん》として立ちつくした。我に返るのが早かったのは仲正医師のほうだ。

「こいつ、もう赦《ゆる》さんぞ！」

両手をあげて、瞠につかみかかる。

その瞬間、鋭いネコの鳴声がした。チャイナドレスの美女が身を躍らせた、ように月岡には見えた。

仲正医師の頰に、赤い線が弾《はじ》けた。

仲正が苦痛と怒りの叫び声をあげて傷口を片手でおさえたとき、すでにクロネコは宙で一回転し、優雅にしなやかに、ソファーの上に着地している。軽蔑をこめて仲正を見やるクロネコの目つきは、弱敵をあざける歴戦の兵士のものであった。

「このドラネコめ！　生きたまま解剖《かいぼう》してやるぞ！」

仲正医師がわめく。月岡は茫然《ぼうぜん》としていた。一瞬、またひとりチャイナドレスの美女が出現したと思ったら、その姿は消えて、かわりにネコがあらわれたのだ。わけがわからない。

月岡が現実を消化しきれずにいると、複数の人声と足音がして、廊下に女性たちの姿があふれた。アリスの悲鳴を聞いて仰天《ぎょうてん》し、五人そろってなら怖くない、と押しかけてきたのだ。武器のつもりか、ゴルフクラブや靴ベラを手にしている。

「あら、かわいい坊やじゃないの」

「侵入者って、この子？」

「むさくるしい中年男よりよっぽどましょ。両脇にいるのはボディーガード？　へえ、いい男じゃない」

「わあ、さっきの人だわ、ほらね、美男子《イケメン》でしょ」

女性たちのかしましい声を聞きながら、仲正医師と月岡は顔色と表情をめまぐるしく変えていた。瞠にどう対処するにせよ、こうなっては目撃者が多すぎる。

「皆さん、おそろいみたいですね。それじゃ、判明しているかぎり、事情を説明させてください」

瞠は七人の男女を見わたした。

「ここにいるドクター仲正と月岡さんは、亡くなったウルシダさんの全財産を乗っとろうとしてたんです。最初から共謀《きょうぼう》してね」

「何ですって……！」

「呪法を使って、ウルシダさんの遺体に月岡さんの霊体を入れる。ウルシダさんは息を吹き返す。ただし中身は月岡さんというわけです」

声をのむ一同に向かって、瞠少年は淡々と語りつづけた。

「もともと、ドクター仲正には、ウルシダさんを生き還らせるメリットなんか何もない。主治医を解任され、何千万円もの借金を返済するよう迫られるだけです。月岡さんがウルシダさんの身体を乗っとって、同時に彼の社会的地位や資産を横領する。そうなれば、すべてドクター仲正の思いのままです」

キリキリと奇妙な音がした。月岡の歯ぎしりの音だ。

「でも月岡さんは、ウルシダさんの身体を乗っとった後は、もうドクター仲正に用はない。彼が生きているかぎり、謝礼と口どめ料をせびられつづけるだけです。拒否すれば脅迫《きょうはく》される。乗っとりに成功した後は、このふたりで殺しあうことになったでしょうね」

「ちょっと、あんたたち、この子のいうことは真実《ほんと》なの？」

意外さと重苦しさに耐えかねて、愛人のひとりが問いかける。ドクター仲正が口もとを大きくゆがめた。

「ばかばかしい、非科学的なタワゴトだ」

「偸尸《ちゅうし》の呪法を使おうとしていた人の言葉とは思えませんね」

瞠少年が静かにいうと、ぎょっとしたように仲正医師は口をつぐんだ。核心を衝《つ》かれたことが、誰の眼にも明らかだった。

「医師の仲正昌輝さんと、秘書の月岡洋三郎《ようざぶろう》さん。あなた方おふたりの罪は、とくに重い。ウルシダさんは急性心筋梗塞《きゅうせいしんきんこうそく》で亡くなったというけど、ほんとうかな。あまりにも準備がよすぎるような気がします」

「殺したっていうの⁉」

「すくなくとも、司法解剖には値《あたい》すると思いますよ」

瞠の声に、調子のはずれた女性の叫《さけ》び声がかさなった。

「あんたたち、人殺しだったの⁉」

「あなたがたは、共犯にされるところだったんですよ」

瞠の声で、女性たちは仲正医師と月岡を見やったまま、一歩、二歩と後退した。ささやきかわす声が、他の三人と二匹にも聞こえた。

「……どうりで、月岡のやつ、気味が悪いと思ってたわ」

月岡は笑ったが、表情の陰惨さが増すばかりだった。大声をあげる。

「ウルシダは死んだ。地位も財産も愛人も、死者には用のないものだ。肉体だって、やつにはもう必要ない。だから、おれが譲り受けたっていいだろう！」

「よくはありませんよ」

瞠がいうと、金童と銀童が同意するようにうなずいた。少年の視線が、仲正医師に向けられる。

「あなたは以前から計画を立てて、ウルシダさんの殺害に月岡さんを加担させたんでしょう。生きている人間を殺したのなら、罪はつぐなうべきです」

「生きている人間の罪は、警察や裁判所の担当だ。何で冥府《めいふ》だの陰曹官《いんそうかん》だの走無常だのが出しやばる？」

「状況によります。生者が死者に算《かぞ》えられ、死者が生者に算えられたら、陰陽両界の秩序が乱れます」

「かまうものか！　プラス1マイナス1で、差し引きゼロだ。勘定《かんじょう》は合ってるんだから、文句はないだろうが」

「そういう主張は、陰曹官に対してやってください」

瞠がいったとき、重い音がとどろいた。床に散弾銃が落ちたのだ。月岡がゆっくりと後退し、壁に背中をつけた。

Ⅶ

鋭い悲鳴が室内の空気を切り裂いた。

「な、何よ、あれ、月岡のやつ、何なの……⁉」

靴ベラをあげて、愛人たちのひとりが月岡を指《さ》している。他の者も、おなじ光景を見て、にわかに声も出ない。

月岡は壁を這《は》いあがっていた。

それだけでも眼を疑いたくなるのだが、月岡は頭を下に、足を上にして、逆立ちのようなポーズで壁を這いあがっていくのだ。

「バカが、抑えきれなくなりおって」

かろうじて仲正医師がうめく。

「へえ、『乾坤怪絶図録《けんこんかいぜつずろく》』に描かれてるとおりだ。足を上にして壁を這いあがる」

感心したように、瞠少年がつぶやく。キジネコの銀童とクロネコの金童が、尻尾をはねあげて警戒の意思をあらわした。

月岡の顔立ちは以前と変わらないが、表情は完全に人間らしさを喪《うしな》っている。顔面筋肉は音を立てんばかりに波打ち、両眼は光が消えて古井戸の底をのぞくかのようだ。歯医者の患者みたいに口を開き、舌を突き出し、その先端から唾液《だえき》をしたたらせている。身体《からだ》が膨張《ぼうちょう》し、服地が音をたてて裂けはじめた。

「人間には負荷《ふか》が大きすぎますよ。修行もしてない人に、偸尸怪《ちゅうしかい》を憑依《ひょうい》させるなんて」

「賭《か》けに出たのはそいつ自身だ。自己責任だ。私の知ったことじゃない」

「自己責任って、詐欺師《さぎし》の一番好きな言葉ですよね。あなたをふくめて」

おだやかな口調で痛烈な一言を投げつけると、瞠は跳《と》びさがった。月岡が奇声を発し、壁を蹴《け》ったのだ。

すでに女性たちは悲鳴をあげて逃げ出している。ゴルフクラブや靴ベラを放り出し、一階への階段へと、夢中で走った。

「もうごめんだわ。こんな家に、これ以上、一秒でもいられるもんですか！」

月岡の他には二人と二匹だけが残された。

「ま、待て、月岡」

狼狽《ろうばい》した声は、仲正医師の口から走り出た。天井から飛んだ月岡が、ちぎれた服地をひるがえしつつ、彼の眼前に着地したのだ。

「私に手を出してみろ。二度と人間にはもどれんぞ。お前にとっては、私が必要なんだ。やっつけるならそっちだ。そこにいるガキを殺《や》ってしまえ」

かつては月岡と呼ばれ、人間だった存在は、仲正医師の利己的《りこてき》な指示を無視した。奇怪に縦長に変形した手で、医師につかみかかる。

「こ、こら、やめろ、やめんか……！」

仲正医師はもがいた。相手を振りほどくことができず、均衡《きんこう》をうしなってよろめく。体勢を立てなおそうとして失敗し、両脚をはねあげて床に転倒した。

のしかかった怪物が、不気味な両手で仲正医師の両耳をつかむ。

わきおこった悲鳴こそ、人間のものとは思えなかった。医師の両耳は異常な力で引きちぎられていた。血まみれの小さな肉塊を、怪物は口に放りこみ、一度噛《か》んだだけでのみこんだ。

さらに血に染まった手を医師の鼻に伸ばそうとしたとき、声が飛んだ。

「急急如律令《きゅうきゅうじょりつりょう》！」

瞠少年である。流血の惨に一瞬たじろいだものの、怪物の腕を左手でつかんだ。

「北陰神帝《ほくいんしんてい》の廷《てい》有《あ》りて、太陰《たいいん》の黒簿《こくぼ》、鬼霊《きれい》を囚《とら》え且《か》つ罪を断《だん》ず。佯陽《ようよう》の気を解《と》きて純陰《じゅんいん》の気に帰れ！」

異常な力で振り飛ばされそうになりながら、

「勅令《ちょくれい》である！」

少年が右手で放ったのは、白っぽい小さな、何かの破片のように見えた。金属でもプラスチックでもない。音もなく十いくつかの破片が月岡にぶつかった。それはどうやら動物の爪《つめ》らしかった。

月岡だった怪物が低く咆《ほ》えた。爪は彼の身体にぶつかってはね返らず、白銀色にかがやきながら吸いつき、すこしずつ食いこんでいく。怪物は身をよじらせた。苦悶しているようだった。さらに爪が胸や肩や額《ひたい》に食いこんでいくと、反比例するように白銀色の光は強さを増し、体内から体外へ向けて細い光の槍《やり》が何本も突き出した。

怪物の全身が大きく揺れた。天井へ向かって口を大きく開くと、そこから飛び出したのは、咆哮でも絶叫でもなく、どす黒い塊だった。鶏卵よりは大きく、人の拳《こぶし》よりは小さい。

上方へ向かって吐き出された物体は、いったん天井にぶつかると、やわらかい湿った音をたてて床に落ちた。よく見ると、腐りかけたナマコのようなものがひくつき、波立っている。

物体は奇怪に屈伸しながら床を這って逃げようとしたが、すでに瞠少年が湯の花の袋を破っていた。最後の袋だ。

「たりてよかった」

そうネコたちにいいながら、袋をさかさにすると、物体の上に、湯の花が硫黄の滝となって落ちかかった。

袋を投げすて、ネコたちとともに床の上を注視《ちゅうし》する。かさなりあった湯の花の間から、白い煙があがった。激しく泡が立ち、それがおさまると、瞠少年は大きく息を吐き出した。

「やれやれ、やっと終わった」

ネコたちが鳴いた。銀童は「お疲れさま」といったようだが、金童の台詞《せりふ》はちがったようだ。瞠少年が苦笑する。

「そりゃ完全に始末するなら家ごと焼いたほうがいいけど、そうはいかないだろ？　ぼくたちもさっさと退散しよう」

廊下にはふたりの男がころがっている。仲正医師は顔の両側を血まみれにして、月岡はずたずたに引き裂かれた服をまとって、ふたりとも気絶している。

氏名不詳の通報によって駆けつけた救急チームの隊員たちが、奇怪な光景を発見したのは、一五分後のことだ。二階の寝室には男性の遺体があったが、それ以外には、廊下で気絶しているふたりの男の他、豪壮な邸宅に人影はなく、各処《かくしょ》に湯の花がばらまかれていた。救急チームはただちに警察に連絡をとった。


ここ数日、新聞もＴＶも大騒ぎだ。「二人の女王《ツー・クイーンズ》」の奥でもＴＶからニュースキャスターの興奮した声がする。

「カルト教団の仕業《しわざ》か⁉」

死体にかけられた湯の花が意味するものは？」

気絶していたふたりの男は、身元も判明し、意識も回復したものの、「わけのわからないことをしゃべっている」という報道なのであった。

京お姉さまが肩をすくめてみせる。

「あー、日本のマスコミって無学ねぇ。すこしばかり教養があったら、死体に湯の花、つまり硫黄と聞いただけでピンとくるだろうにさ」

「ピンとこられたら困るのは、ぼくらじゃないの」

「そりゃあんたは困るわよね。まず住居不法侵入。湯の花をばらまいたのは、横暴な警察がその気になれば、器物損壊および死体損壊だしさ」

「京姉さんは教唆《きょうさ》罪だよ」

京がこわい目つきを甥に向ける。

「ちょっと、あんた、ちゃんと証拠は消してきたんでしょうね」

「警察犬が動員されたけど、硫黄の匂いにまどわされて役に立たなかったってさ」

そう答えてから、瞠は首をかしげた。

「あれ、そういえば、あの土佐犬はあれからどうしたんだろう」

少年の足もとでは、金童と銀童が、それぞれ専用の皿からミルクをなめて満足げである。

かわいそうなアリスの行方は、誰も知らない。

走無常5

天《てん》怪《かい》地《ち》奇《き》人《じん》妖《よう》

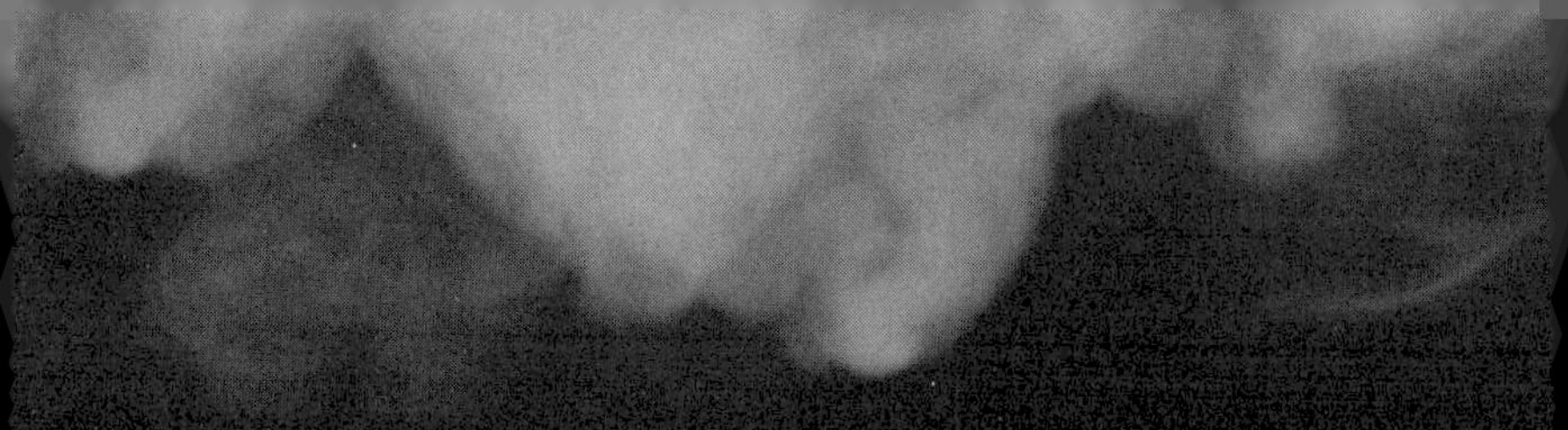

第一章　有朋自遠方来《ともありえんぽうよりきたる》

I

東京都武蔵野《むさしの》市吉祥寺《きちじょうじ》南町《みなみちょう》一丁目。ＪＲ中央線の線路と井《い》の頭《かしら》公園の池とに挟まれて、その店はさりげなく佇《たたず》んでいる。英国雑貨店「二人の女王《ツー・クイーンズ》」。

三人の女性客が、にぎやかな外国語で喋《しゃべ》りながら店から出てきた。大きな紙袋をかかえた彼女たちの背中に、愛想のいい声がかかる。

「また日本に来てくださいねー」

化粧気《けしょうっけ》はないが、けっこう整った顔立ちに眼鏡《めがね》をかけた若い女性が声の主《ぬし》である。胸あてのついたエプロンには、白地に赤く〝JACK THE RIPPER♡〟と大書してある。

「あー、やっぱり中国人って景気がいいわ。在庫一掃セールの日にしてくれて謝々《シエシエ》よ」

「あの断頭台も売れちゃったんだね。まさか買う人がいるとは思わなかったけど」

「それがいるんだよね。あたしの商才も尋常《なみ》じゃないってこと、思い知った？　瞠《みはる》」

叔母の京《みやこ》の商才ではなく、客が物好きだっただけだろう。甥《おい》の瞠はそう思ったが黙っていた。世界的な不況とインフレ、新型ウイルスの大流行、元首相の殺害にカルト教団と政府与党の癒着《ゆちゃく》、ウクライナの戦争……「なべて世は事もなし」とは言いがたい昨今である。

「まったく、この店、よく潰れないよなあ、銀童《ぎんどう》。一生懸命まじめに営業している店が、どんどん潰れていくのにさ」

「聞きずてならないわね」

と言ったのは、猫ではなく人間である。京の両眼が、眼鏡ごしに瞠をかるく睨《にら》んだ。

「いまの言種《いいぐさ》、まるであたしが正業を疎《おろそ》かにしているみたいじゃないの」

「あ、いや、どちらが正業なのかなと思って……」

「どっちも正業よ。ま、税金を納める正業と、そうでないのとがあるけどね」

「表と裏？」

「野球でいうと、パ・リーグとセ・リーグよ。文句ある？」

「ない。今日みたいなお客さんがたくさん来てくれるといいね」

「ま、日本が滅亡する前に、せいぜい稼いでおかなきゃね」

「日本が滅亡するんなら、いくら稼いでもしようがないんじゃないの」

「何いってるの。地獄の沙汰《さた》も金《かね》次第ってね、陰陽両界《いんようりょうかい》の不変の真理よ」

あまり品のいい真理じゃないな、と、瞠は思ったが、わざわざ口に出すのは面倒を増やす原因《もと》だから、黙っていた。視線を動かして店内を見まわす。

「商品の棚が、ちょっと寂しくなったね」

「明日にでもロンドンにメールを出さなきゃ。あんたには、これから仕事があるからね。たいしてむずかしい仕事じゃないから、さっさとかたづけてきなさい」

何枚かの紙をキャビネットの抽出《ひきだし》から取り出すと、京はイギリス製の小さな円卓に腰かけた。

「それにしてもさ、京姉さん、よく両方、仕事をつづけてるね」

「あたしは走無常《そうむじょう》の仕事に誇りを持ってるからね」

　胸をそらした京は、一五歳の甥の姿を見あげ、見おろして、正面から質《ただ》した。両者の身長は、ほぼ同じである。

「あんたはどうなの？　この仕事をつづけるのがイヤなの？」

「べつにイヤじゃないけど……」

「いいのよ、イヤならイヤで」

「え、辞めてもいいの？」

「とんでもない、イヤでもイヤイヤでもいいから、死ぬまで続けなさい」

　瞠は閉口した。彼としても、走無常の仕事は、けっして嫌いではないのだ。ただ京は、まだ甥を一人前として遇していない。走無常の仕事の指示はどこの誰から来るのか、資金や報酬はどうなっているのか、他の同業者はどうなのか、その他いろいろ教えてくれないことがある。

　今日のミッションを甥に説明すると、京は書類をキャビネットにもどしたが、棚の上に置かれた夕刊の一面を見て、形のいい眉をしかめた。

「まったく、再開発屋って連中は、どうしてこうも複合高層施設ってやつが好きなのかしらね。そしてやたらと樹を伐《き》りたがる。樹木嫌悪症にでもかかってるのか、それとも単なる想像力ゼロ症なのか」

「このあたりは再開発されないと思うよ」

「二人の女王《ツー・クイーンズ》」から五分も歩くと、赤と白に塗り分けられたユニークな家がある。天才といわれる漫画家が建てた家で、赤と白に塗り分けた建物など見苦しいと思われそうだが、奇妙にシュールな雰囲気を出している。記念撮影するファンもいるそうだ。

「いずれ、この店の前でも、外国人のグループが記念撮影に群らがるようになるわよ。見ててごらん」

「記念撮影だけじゃ、もうからないでしょ」

「無料《ただ》で撮影させるわけないでしょ。商品三つ――いや、五つで写真一枚かな。真物《ほんもの》の犯罪者を店頭にぶらさげて、ネットで全世界に配信とか」

「わかってるだろ、どんな悪党だって、生きている人間には、ぼくたちは干渉しちゃいけないんだからね」

「あんたより、わかってるわよ。だけど、殺すわけじゃないし、警告を与えるていどなら、陰陽両界の調和を乱すようなレベルの行動にはならないわ」

「誰がそう言ったの?」

「あたしよ!」

「だと思ったけど、責任とってくれるよね」

「心配せんでよろし、あたしは責任感と使命感の権化《ごんげ》だ」

自信満々で断言されると、かえって疑惑が濃くなるものだが、これ以上しつこく質しても無益だから、瞠は心配を遠くの棚に放りあげて、学校の宿題をかたづけることにした。

半分で切りあげて、シャツの上から春秋用のブルゾンをはおる。いくつかの小道具をポケットに突っこんで階下に降りると、京は円卓の上で、古ぼけた眼鏡のレンズを布でみがいていた。

「その古くさい眼鏡は何？」

「古くとも、たいへんな価値があるの！」

「価値？」

「見鬼鏡《けんききょう》よ」

「見鬼鏡？」

瞠が小首をかしげると、京はなおも眼鏡をみがきながら応《こた》えた。

「生きた人間たちの中にまぎれこんでいる死人を見分けることができる鏡よ。資質がまったくない人でも、これを使えば、生者と死者の区別がつくってわけ」

「あんまり普遍的な価値はないね」

「わが甥ながら、商売っ気のない奴め。うまいこと物好きな資産家《かねもち》を釣りあげたら、一億や二億はかるく稼《かせ》げるのにさ」

「ぼくはもっと地道にやっていくよ」

「そんなことで一生終わる気？　それならしようがないけど、第二の人生はもっとハデにやりなさいよ」

「第二の人生って何だい」

「鏐民《りゅうみん》にでもなる？」

「鏐民って？」

「死んでも一〇〇年後に生き返る人間のことよ」

「浦島太郎になりそうだ」

「無咸民《むかんみん》ともいうけどね。晋《しん》の張華《ちょうか》の『博物志《はくぶつし》』や『太平御覧《たいへいぎょらん》』に出てくるわ。『山海経《せんかいきょう》』にも出てくるけど、こちらはなぜか……」

　今度は瞠が溜息をつく番だった。

「知らない固有名詞ばかり出さないでくれよ。それでなくても、いそがしいんだから」

　誰かの所為《せい》で、とは言わない。

「知識と実践を両立させる。これぞ修業の成果というものよ。ああ、あわてて出かけなくてもいいわよ。まだちょっと明るいから、もっと暗くなってからでいいわ」

　瞠は小さく肩をすくめ、若い「お姉さま」と向きあって円卓の椅子《いす》に半分、腰かけた。

「何かもっとましな人生ってないの？」

「それじゃ白亀年《はくきねん》にでもなる？」

「どういう代物《しろもの》、それ」

「鳥や動物の言葉がわかる人よ。獣医になってもいいし、スパイにもなれるわね」

「……考えとく」

　瞠は二匹の金華猫《きんかびょう》に目をやった。金童《きんどう》や銀童の言葉が理解できたら、もっと親しくなれるだろうか。この二匹は、修業中の瞠にとってはいわば同級生である。否、金童は上級生のつもりでいるにちがいない。

「そろそろ出かけるよ」

「そうね、成城《せいじょう》に着くころには暗くなってる時分でしょ。気をつけて行っといで。帰ったら夕食にするから」

「はあい、行ってきます」

仕事はさっさとすませて、夜は自由な時間をつくるとしよう。瞠は家を飛び出した。

直線距離にすれば、吉祥寺から成城までは七キロていどである。瞠は暮れゆく秋空を見あげて方角を確認すると、南南東へ歩き出した。左右を金童と銀童に守られて、瞠の足なら三〇分もかからない。競歩の世界記録保持者が啞然《あぜん》とするような歩速だった。

成城の豪邸群の中にあっても、その邸宅はひときわ威容を誇る壮大さである。高さ三メートル近い花崗岩《かこうがん》づくりの塀《へい》が、街の一区画を丸ごと囲んでいる。ヒマラヤ杉の梢《こずえ》がかさなりあう隙間に、ちょっとした博物館のような洋館の一部が見えた。

門扉《もんぴ》は鉄柵だが、正面に築山《つきやま》が立ちはだかって、門外から内部を覗《のぞ》きこむのは不可能だ。さらに左右の門柱には、これ見よがしに監視カメラがレンズを光らせている。

「何だかイヤな感じの家だなあ」

夕闇が舞いおりる中で、瞠は眉をしかめた。たしか前回のミッションの場所も成城だったことを想い出す。この豪邸街には悪い「気」が、たまっているのだろうか。

Ⅱ

「礒崎《いそざき》」と記された邸宅の築山の左右には、玉砂利《たまじゃり》を敷きつめた車道が分岐していた。左右の道が再合流する場所は、広大な駐車スペースになっており、ベンツやボルボなどの高級車が二ダースほども駐《と》まっている。この夜は重大な会合がおこなわれており、広間《サルーン》には、気むずかしい表情の中高年男女が集まっていた。

この邸宅の警備員である嶋倉《しまくら》が知っているのはそれだけである。一介の庶民には、それ以上のことが知らされることはない。

特殊警棒と懐中電灯を手に、嶋倉が邸内のパトロールを続けていると、イヤホンから声が伝わってきた。

「異状ないか？」

「異状なし。パトロールをつづけます」

そう答えた直後に、嶋倉は声と息を呑《の》みこんで歩みをとめてしまった。ありえない異状に直面してしまったのだ。男性にとっては、悪い異状ではなかった。夜目にもあでやかな美女が、いつのまにか彼の眼前に佇んでいるのだ。

紅《あか》い絹のチャイナドレスには、銀糸で鳥の姿が刺繍《ししゅう》されており、スリットからはみごとな脚線が覗いている。嶋倉の貧しいボキャブラリーでは表現できないほどの美女だった。

その美女が嶋倉に向けた笑顔は、ほとんど破壊的と言えた。右腕を垂らし、当然ながら特殊警棒もだらりと下げて、放心状態におちいる。

美女の正体は金華猫の銀童であった。

銀童が真実《ほんとう》に人間の女性であったら、「男ってバカねえ」と言ったにちがいない。銀童は軽《けい》侮《ぶ》の視線で嶋倉をひとなでると、ほとんど助走せず、二階のバルコニーに跳びあがった。音もたてない。

美女の姿が消え失せたので、嶋倉は我に返った。うろたえながら懐中電灯を振りまわしたが、美女の姿は忽然《こつぜん》と消えたままだ。嶋倉はトランシーバーを取り出した。盗聴を用心して、携帯電話は使わないのだ。

「侵入者は、紅いチャイナドレスの美女だって？」

「そ、そうだ、それに銀色の孔雀《くじゃく》の刺繍がついてた」

銀童のチャイナドレスに刺繍されていたのは、孔雀ではなくて鳳凰《ほうおう》なのだが、嶋倉にはそんな区別はつかない。

「侵入者が、何でまた、そんな恰好《かっこう》をしてるんだ？　場ちがいがすぎるだろう」

「理屈をこねるな！　実際に、おれは見たんだから。お前だって、見りゃわかる、見ろ、見ろってば」

あらたな警備員が砂利を踏む音をたてて駆けつけてきた。平井《ひらい》という名のその男は、懐中電灯の光を周囲に一巡させてから応えた。

「信じるよ」

「それ見ろ」

「信じるが、お前、眼が悪いんじゃないか。あのチャイナドレス、青いじゃないかよ」

平井が見たのは金童の方だったらしい。

「お前、赤と青の区別もつかんのか」

「お前こそ眼科医院に行ってこい」

不毛な罵声《ばせい》をかわしあいながら、ふたりの警備員は駐車スペースに入りこみ、一台一台の車に懐中電灯の光を投げつけはじめる。

金童と銀童が警備員たちを翻弄《ほんろう》している間に、瞠は敷地の奥へ身を低くして進んだ。柊《ひいらぎ》の生垣をまわりこんで書斎の位置を確認した瞬間、瞠は吐き出したばかりの息を吸いこんでしまった。

何かが突然、空から落ちてきたのだ。

落ちてきた、というより、降りてきた、と表現すべきかもしれない。その物体は、瞠の眼前で宙返りして、ほとんど音をたてることなく着地したのだ。金童か銀童かと思ったが、それは金華猫たちよりずいぶん大きく、瞠と同じていどの質量《しつりょう》がありそうだった。

　人間か？

　しだいに霊気《アウラ》の輪郭が明瞭になってきた。人間だ。すくなくとも瞠の眼にはそう映った。瞠と同年代の少年だ。ただ衣服が現代のものではない。中国風の甲冑《かっちゅう》と戦袍《せんぽう》だ。冑《かぶと》から沓《くつ》まで白で、甲《よろい》はまちがいなく銀だ。要所要所は黄金色に飾られている。

　少年は小首をかしげて独語した。

「何だか妙……じゃないのが妙だな。まさか、もとの世界にもどったんじゃないだろうな。もしかして、おれだけ、ひとりで別世界に来ちまったのかも……うわあ、まずい！」

「あの、ちょっと」

「先刻《さっき》から何だよ、うるさいな」

「声をかけたのは、はじめてだよ」

　瞠が反論すると、白ずくめの少年は、身体《からだ》ごと振り向き、すなおに一礼した。

「これは失礼のきわみ、お騒がせして申しわけない。ちなみに、ここはどこですか」

　急に叮寧《ていねい》な態度に出られて、瞠は苦笑した。

「東京だよ」

「日本の？」

「ぼくの知ってるかぎりじゃ、そうだね」

　先に礒崎家の邸宅に侵入したのは瞠である。他人を咎《とが》めだてする資格があるかどうか、あやしいものだが、先制攻撃をかけてみた。

「で、だれなんだ、君は！」

白衣の少年は腕を組んで小首をかしげた。一瞬、瞠は気押された。活力にあふれる鋭い眼、清爽《せいそう》な顔立ち。瞠の誰何《すいか》には答えず、四方を見まわすと、身をかがめて右手の指先で生垣の葉をなでてつぶやいた。

「灰も積もってないな……」

少年は小首をかしげ、瞠の正面を向いて問いかけた。

「おい、富士山は噴火してないのか？」

「え、そんなことなかったよ」

あまりに奇妙な問いかけである。瞠は毒気を抜かれた体《てい》で、すなおに答えた。

「じゃ、じゃあ、東京湾で紅い大きな竜が暴れて、臨海副都心が破壊されたとか……」

「映画の話？」

「ちがう。現実の話だ。ずいぶんと平和そうだな」

「そう平和ばかりでもないよ。ロシアがウクライナへ侵攻して戦争になってるし、パレスチナとイスラエルもそうだし、世界中あちこちで何百万人も難民が出て、けっこう大変なんだ」

「日本には関係なさそうじゃないか」

「そうでもないよ、ウクライナからの難民を何千人か受け入れてる」

「へえ、そりゃ珍しい」

少年は皮肉っぽく笑った。

「ウクライナからね……白人の難民なら受け容《い》れるんだな。アジアやアフリカの難民はどうなんだ？　強制送還したり、ニューカン施設、だったかな、そんなところに収容して、ひどい目にあわせて病死させたりしてるんじゃないの？」

「よく知ってるね」

「真実《ほんと》かよ。冗談のつもりだったんだけどな」

瞠の見たところ、少年の白衣銀甲は、洗練されており、宋《そう》あたりの時代のものかと思われた。

「そんなところまで同じか」

少年は舌打ちした。

「ほんとに別世界か、と言いたくなるな。でも、富士山が噴火していない、というのなら、ちがう世界なんだろうなあ」

顎《あご》をなでながら考えこむ。はたと気づいて、瞠は先刻の質問をくりかえした。

「君はどこから来たんだ？」

「ん？」

少年は顎から指を離した。

「どうやら、ここと別の世界の東京都中野《なかの》区……おい、こちらの世界に、中野区ある？」

「あるさ、中野区も新宿《しんじゅく》区も……ちなみに、ここは世田谷《せたがや》区だ」

「世田谷のどこ？」

「成城」

「どうりで、えらい豪邸だと思った。この分だと、どうせ猛犬《いぬ》も出てくるな。あ、米軍の空母が空を飛んでいったってことは……」

「見てないし、聞いてない」

「それもなしか。それじゃ京都に幕府がつくられて……」

「室町幕府のこと？」

「ちがうちがう、現代のこと」

「あるわけないだろ、そんなコミックみたいな話」

次第に瞠は腹が立ってきた。この少年の言動は、非常識のきわみである。

「あのね、君さ——」

「表面的にはそっくりだけど、やっぱり別の世界かあ。ま、一〇億分の一の確率だもんな」

瞠には理解不可能の台詞《せりふ》を口にして、白衣の少年は息を吐き出したが、金童の姿を見つけて、意外な反応を示した。

「あれ、クロネコか。黒仙《こくせん》に似てるけど、すこしちがうな」

もう一度、瞠は驚愕した。

「君、ネコが見えるの⁉」

「何いってんだ。こいつらネコだろ。どう見たって、カメやチンパンジーには見えないや」

瞠はかるく呼吸をととのえた。金華猫は、人間の男性が見たら美女に、女性が見たら美男に、それぞれ見えるよう変化するはずだ。それなのに、この少年は、ネコをそのままネコとして認識している。本人は自然にふるまっているのだろうが、やることなすこと、凡物《ただもの》ではない。

「君、いったい誰？　何者？」

「人の身分を尋《き》くときは、まず自分から名乗れ。それが常識ってもんだろ」

少年は、わずかに眉を動かした。

「あ、ああ、そうだね」

この少年から常識についてお説教されるのは不本意きわまりないが、瞠は譲歩した。

「ぼくは出雲《いずも》瞠。目を瞠《みは》る、のミハル」

「変わった名だな、いや失礼。他人のことはいえないや。おれは竜堂《りゅうどう》終《おわる》」

「終って……」

「三男坊でさ、上の兄貴は『始《はじめ》』、下の兄貴は『続《つづく》』」

「へ、へえ……」

「ついでに弟がいて、そいつの名は『余《あまる》』だ」

ミハルとオワルは、珍名どうしで顔を見あわせ、申しあわせたように表情をくずした。爆笑したいところを怺《こら》える。他人の邸内なのだ。

「まあ角《つの》突きあわせる必要もないしな」

「自分で名前をつけたわけじゃないし」

このとき瞠は自分のミッションをほとんど忘れていた。

「あの、ひとつだけ尋いていいかな」

「どうぞ」

「その恰好、アニメかゲームのコスチュームプレイ？」

終は、自分が着用している白い中国風の甲冑を見まわして、屈託《くったく》なく笑った。

「ま、この服装《カッコ》してれば、そう思われてもしかたないな。宋の皇帝が使った名品《めいひん》で、『奔虹《ほんこう》』っていうんだが……」

「そんな名品をどうして……」

「いや、敵に大敗してさ。甲《よろい》の所為《せい》じゃないのにな」

金童と銀童は、ふたりの少年に寄りそって、おとなしく話を聞いている。もともと柔和《にゅうわ》な銀童はともかく、プライドの高い金童は瞠と京以外の人間に対しては、いたって無愛想である。その金童が、白衣銀甲の竜堂終に対しては、おとなしく品良く接しているのが、何となくおかしくて、「いい子ぶってるなあ」と思ってしまう。

金童でさえいつもどおりでいられないほど、終は「大物」なのだろう。すこし野性味をおびた健康的な少年にしか見えないが、学校ではさぞ女子に人気があるだろう、と思われた。ただし、当人はいっこうにそれに気づかない、というタイプだ。

瞠は質《ただ》してみた。

「君は別世界から来たっていうけど、この世界で何をする気なんだ？」

「いや、この世界を狙って来たわけじゃないんだ。一〇億の世界をめぐっていて……」

「一〇億⁉」

瞠は名前どおり両眼を瞠った。

「いったいどれぐらいの時間がかかるんだ」

「いやいや、一〇億の世界を全部めぐるわけじゃない。運が良ければ、一万か一〇〇万ぐらいですむかもしれない」

「何かを捜しているのか」

「そんなところだ……悪いけど、これ以上は話せない。上の兄貴の許可がないと」

終の表情は「すまん」と語っていたが、それ以上は絶対に話さないだろう、と瞠に確信させるものがあった。

「わかった、もう尋かない」

「悪いな」

「いや、ぼくの方も、走無常って仕事についてるけど、ここで何をしているか、全部は話せないからね。おたがいさまだ」

終はうなずくと、あらためて周囲を見まわした。

「こんなばかでかい屋敷に住んでる奴は、どうせろくなもんじゃない。何かするんだったら、てつだってもいいぜ」

「理由も尋《き》かずに？」

「お前、悪いことしそうに見えないもん」

かるく終は言ってのけた。瞠は嬉しくなったが、助勢《すけだち》の件については、辞退した。

「ありがたいけど、断わるよ」

「どうして？」

終は気を悪くしたようすはなかったが、不審そうではあった。

「一度、君に頼ると、二度三度と頼りたくなる。それじゃ、ぼくはいつまでも一人前になれない」

「ふうん、そんなもんかね」

「だから、黙って見ていてくれ。ぼくひとりで、何とかやってみる」

終は、うなずきつつ笑った。

「優等生だなあ。おれの兄貴たちは、おれよりお前のほうを弟に欲《ほ》しがるだろうな。わかった。お前のミッションが無事にすむことを祈って、ここで待ってるから、行ってこいや」

「ありがとう、でも君の方はいいのかい」

「いいのいいの、気にするなって」

終は鷹揚《おうよう》に言って瞠を行かせたが、じつはこの後どうするか全然、決めていなかった。

「走無常ってのは、たしか、僵尸《ししゃ》にしか手を出せないからな。生きてて邪魔する奴らは、おれが引き受けるから、心配いらないって」

金童と銀童は、そろって尻尾を立て、くるりと旋回させた。「信頼いたします、お願い申しあげます」という意思表示である。二匹の金華猫から見れば、異界から来たとはいえ、途方もない格上の神霊なのだ。二匹が人体であったら、這いつくばって額《ひたい》をすりつけるところである。

終のほうは意に介さない。竜堂家の伝統である相互主義が沁《し》みこんでいるから、他人や他猫とは、あくまでも対等な関係を保っている。いばる相手は弟の余ぐらいのものだが、この弟は天使もかくやという顔立ちをしながら、ときおり兄の痛いところを的確に突くから、小憎らしい。

「何だ、かしこまらなくていいぞ。気楽にいこうや」

終の声に、荒々しい靴音がかさなった。

終は、すわっていた砂利の上から、ゆっくりと立ちあがった。金童と銀童も身がまえる。

「生きてる人間が相手なら、あいつのミッションを妨害することにはならないよなあ……」

Ⅲ

洋館内の広間《サルーン》は、大正時代風に内装された洋間だった。和室にすれば四〇畳以上の広さがあるだろう。一方の壁には一〇枚ほどの肖像写真が飾られて、室内の人間たちを睥睨《へいげい》している。明治初期以来の権勢と栄華が、写真の主たちの姿に顕《あらわ》れていた。カイゼル髭《ひげ》、モールをつけた軍服、勲章などなど。

室内に集まった男女の数は二〇人ほど。いずれも中高年で、怒気《どき》のみなぎる視線を、ひとりの人物に集中させている。四〇歳くらいのその人物は、上座のソファーに座しながら、卑屈に身をちぢめていた。

彼に対する糾弾《きゅうだん》はすでに三〇分もつづき、いまだ終わる気配がない。

「『唐様《からよう》で書く三代目』とは、よく言ったものですな。若先生、いや、誠介《せいすけ》さん、あんたはもう先生じゃない。先生と呼ばれる資格はない！」

「それもわかってる。だいたい私のほうから、先生と呼ぶよう頼んだ憶《おぼ》えはない」

声は安定を欠き、両眼は下向きだったが、上座の人物の言葉に迷いはなかった。六〇代半ばと見える小肥《こぶと》りの男が、肩をいからせる。

「誠介さん、あんたは牢獄から解放されたつもりで、ステップでも踏みたい気分かもしれんが、跡を濁しすぎでしょ。後援会もそうだが、大先生に頼ってきた企業やら組合やら、限界集落の人たちやらを放り出していくのに、良心の咎《とが》めはないんですか」

男のスーツの襟《えり》では、どこかの市の市議会議員のバッジが安っぽい光を放っている。誠介と呼ばれた男の口もとが自嘲《じちょう》に歪《ゆが》んだ。

「良心なんてものは、この三年間で、すっかり磨《す》り減りましたよ」

ひとりの女性が誠介にためらいがちに声をかけた。七〇歳ほどの小肥りの女性で、「後援会婦人部長」というところだろう。

「よけいなお世話ですけど……これからどうなさるんですか？　あ、すみません、立ち入ったことをうかがって……」

「かまわないよ。実はまだ具体的なことは考えてないんだ。まず、あの土地を離れて、ひと息かふた息、休んでから考えるよ」

「引っ越すんですか」

「ああ、もうあの土地……というか、選挙区には住めないからね。私がここに住みつづけるのを、この人たちが許してくれると思うかい？　いや、許してくれるとしても、こちらがいたたまれないよ。何とでも言ってくれ、私は尻尾《しっぽ》を垂れてすごすごと政界から逃げ出す負け犬さ」

「そのとおり、負け犬だ。村上《むらかみ》さん、庇《かば》ってやる必要はないぞ。もうこの男は、私たちに担《かつ》がれるのが嫌なんだ。お望みどおり、放り出してやれや」

「いい御意見ですね。私は書斎に引っこみますから、後は皆さん、御自由にどうぞ」

ドアを開けて出ていく誠介を、誰も制止しなかった。重くて濁った沈黙を、一〇秒ほどで、ひとりの男性が破る。

「しかし、ほんとにいいのかね、誠介さんが辞めた後、順介《じゅんすけ》さんで」

「しようがないだろ。兄があの醜態《ざま》なんだ。弟を担ぐしかないだろうが」

「それはそうだが……務《つと》まるのかね、順介さんに代議士なんかが」

「おれもそう思うな。とんでもない差別発言とか、セクハラとか、やらかしかねない」

「それ以前に、当選できるのかね。誠介さんのほうは、何のかの言っても有名大学を卒業《で》て、まじめに働いてた。順介さんは大学にも通わず、演劇だのバンドだのゲームだの……」

「それじゃあ、どうするんだ！」

大きな声があがったが、半分、悲鳴のようだった。

「他にいい方法があったら教えてほしいもんだな。だいたい、人口が減って高齢者ばかり増える一方だから、選挙区まで統合されてしまうんだ」

「だから若い男女を都会から引っぱって来なきゃならん。陽介《ようすけ》先生だったら……」

「陽介先生がおられても、こんな状況《ありさま》になってるんだぞ。他の者に、陽介先生の代理《かわり》が務まるのか！」

一座は静まりかえった。たがいに力のない視線をかわしあい、溜息とともに顔をそらし、ビールのグラスに手を伸ばす。輸入物のギネスだが、何の味もしない。集まって詮《せん》ないことをどなりあうのも、じつのところ、ひとりでいるのが心細いからだった。磯崎陽介のような、必要以上に力強いボスが、まさか七〇歳で頓死《とんし》するとは、信じられない事実だったのだ。「人生一〇〇年」などと吹聴《ふいちょう》される長命の時代である。すくなくとも、あと一〇年は、安心してボスによりかかって甘い蜜を吸っていられたはずだったのに。

「ああ、陽介先生が、大先生が、生き返ってくださったらなあ」

次期総理大臣第一候補と言われていた磯崎陽介は、三年半ほど前に急性肝不全で死去した。世襲民主国家にふさわしく、某私立大学の准教授を務めていた長男の誠介が後《あと》を継いで、楽々と当選したが、この後継者は一年もたたず、大半の支持者を落胆させた。良い意味でも悪い意味でも、亡父の万分の一の覇気もなく、政界の泥沼で溺れかけ、「もう政治家はやめる」と宣言したのである。

書斎に籠《こ》もった誠介は、キャビネットからスコッチウィスキーの瓶を取り出し、力は弱いが乱暴な動作で封を切った。グラスに注ぎもせず、そのまま瓶に口をつける。たちまち噎《む》せかえり、瓶を床にたたきつけた。瓶は割れず、厚いカーペットの上を転がりながら、香り高い液体をこぼしつづける。

「ふん、ざまを見ろ。人を操って利権をあさりまくるハイエナどもが。もうお前らに得はさせんからな」

吐きすてる声に、別の声がかさなった。

「ひとりになると威勢がいいな」

陰々たる声だ。愕然《ぎょっ》として声の方を見やった誠介は、ぼやけた黒い人影を見出した。

「お、お父さん……!?」

誠介の叫び声は、彼自身にしか聞こえなかった。声帯がマヒして、実際には声が出ず、左右の肺から空気が押し出されてきただけであった。

「ふん、感激のあまり声も出ないか。腰を抜かした、みっともない姿を、他人に見られなくて幸いだったな」

反対に、陽介の声は誠介の鼓膜《こまく》を、目に視《み》えないバールでしたたかに殴りつけた。それでいて陽介の色の無い唇は、ほとんど開いていないのである。誠介は激しく頭を振ってあえいだ。

「お父さんは三年も前に亡くなった……」

「ほう、憶えておったか」

「ゆ、幽霊⁉」

黒灰色のガスは、いまや完全に人間の形を成していた。黒いなりに顔の造作《ぞうさ》は明確になり、両脚もそろっている。

「幽霊か。つまらん名詞だ。何なら『うらめしや』とでも言ってやろうか」

「あ、あ……」

「お前が惰弱《だじゃく》なばかりに、多くの人間が不幸になるのだぞ。罪の意識はないのか」

「多くの人間とは、誰のことですか」

「そんなこともわからんのか」

これほどパワフルな幽霊と無気力な生者との対比は、まれに見るものであったろう。しかも父と子である。

「もうお前には何を言っても無益だ」

「そ、それじゃ、陰界《あのよ》へお帰りになりますか」

「このたわけ！」

幽霊の右手が、強烈な勢いでわが子の左頰をたたく。……という事態は生じなかった。右手は空《むな》しく誠介の頭部を通過して空を切った。

「ちっ」と舌打ちした陽介（の死霊）は、息子を打擲《ちょうちゃく》するのを断念したようで、罵声の弾倉に、あらたな弾丸をこめた。

「わが息子ながら、殺してもあきたらん奴だ」

「こ、殺されるもんですか」

「あの選挙区は、代々、我が家の領地なのだぞ」

「後援会の人たちが家臣で、有権者が領民というわけですか」

「理解《わか》っているではないか」

「二一世紀の話とは思えませんね」

「ほう、もう二二世紀になっておったのか。お前も年齢の割に若く見えてけっこうなことだ」

父子の間に、憎悪と侮蔑の見えない虹がかかった。

「いいこと教えてあげましょうか」

誠介はことさらに声を高めた。

「あの選挙区は、もうすぐ失《な》くなるんですよ」

「たわけたことを！　虚言《うそ》をつくなら、もうすこし笑えるホラを吹け」

「充分に笑えると思いますよ。『一票の格差』というのが問題になって、県内に五つあった選挙区が、四つに再編されるんです。この選挙区は、ばらばらに分割されて、他の選挙区に吸収されます」

誠介の口から声と悪意があふれ出した。さすがに陽介の息子と言うべきだろうか。

「そんなことは許さん！　私の承諾もなく、そんな暴挙が許されてたまるか」

「父さんの死後、国会で決まったんですよ。陰界《あのよ》から見てなかったんですか」

「見たわ！　見たから陰界を脱出してきたのだ。腑甲斐《ふがい》ない息子を懲《こ》らしめるためにな！」

「そんなに簡単に脱出……」

「私だからできたのだ」

誠介は左右の眼球をあわただしく動かすことで、必死に、父親の殺人的な視線を回避した。

「逃げ出したりしたら、追手がかかるんじゃないんですか」

「そんなことは、お前ごときの知ったことではない。だいたい、話すべきはお前の件だ。せっかく代議士になったものを、一期で辞めるだと？」

頭や顔を守る姿勢をとりながら、それでも誠介は必死で反駁《はんばく》した。

「よく三年も保《も》ちましたよ。自分を賞《ほ》めてやりたいくらいだ。当選から一年もたたないうちに、辞表を提出しようと思ってましたからね」

「生まれついての上級国民のくせに、そのありがたみも理解できぬたわけが。私の跡を継いで、三〇年ぐらい務めて、それをお前の子に渡す。それがお前の人生だ。議員を務める以外、お前に何かできることがあるとでも言うのか」

「し、死ぬ気になれば何だって……」

「お前は少年マンガの主人公か。安っぽい精神論にかぶれおって。国会議事堂から礒崎の家名が消えることなど、絶対に許さんぞ！」

陽介に物理的な実体があったら、誠介は血まみれの死体と化していたにちがいない。閉ざされた書斎の室内《なか》で、父と子の奇怪な闘争は、いつまでも続くようであった。

Ⅳ

このとき、豪邸の警備室でも異変がおこっていた。モニターの前に、四、五人の警備員がむらがっている。

「何だ、侵入者は四人と聞いていたが、ガキがふたりだけじゃないか」

金華猫は監視カメラにはネコとしか映らず、当然モニターの画面でも人の姿は見えない。何かのまちがいでネコが侵入したとしか見えないのだ。

「あんなネコの侵入を、誰が許したんだ。すぐ追い出せ。誠介代議士《センセイ》はイヌもネコもお嫌いだからな」

「お好きなのは金魚でしたかね」

「そうだが、そんなことはどうでもいい。さっさと追い出せ」

「夜にネコを追いまわすのは、ひと仕事……」

「さっさと行け！」

若い警備員は、口の裡《なか》で何かつぶやきながら、帽子をかぶり、特殊警棒と懐中電灯を手に、警備室を出ていく。

一方、「ふたりのガキ」こと瞠と終は、柊の生垣の傍《そば》で再会していた。その間に終は四人の屈強な警備員を寝かしつけ、瞠は邸内のようすを探って、ミッションの変更を決めている。

「あっちもこっちも、監視カメラだらけだな」

「この国じゃ防犯カメラと呼んでるよ」

「同じものなのに、言いかたひとつで印象が変わるもんだな。で、大丈夫なの、お前のネコたち？」

「え、ああ、心配ないよ」

金華猫は、監視カメラにはただのネコとしか映らない。そのことを瞠が告げると、終はすぐ納得した。

「役に立つ子たちだなあ」

「君にはいないの、随従《おとも》の動物たち」

「うーん、キツネとかネズミとか、いることはいるけど、あいつら、おれのこと、あんまり尊敬してないからなあ」

終は慨歎《がいたん》した。瞠は笑いを怺《こら》えた。

「で、お前、ミッションのほうはどうするの」

「出直しだ。一番役に立つ道具を持ってこなかったし、人が多すぎる」

「やっぱり平和なんだなあ」

「そうでもないよ。一年ぐらい前かな、元首相がカルト団体との関係で殺害されたからね」

「へえ、そんな事件があったのは知らなかった。犯人はテロリスト？　カルトの信者？」

「どっちでもなかった」

「お前ん家《ち》に着いたら、くわしく聞かせてくれよ。あ、いいのか、おれをつれていくこと、御両親に連絡しなくて。急につれていったら御迷惑だろ」

　瞠は思わず微笑した。終のことを非常識のカタマリだと思っていたが、そうでもないらしい。

「心配しなくていいよ。これでも信用があるからね」

「いい台詞《せりふ》だな。おれの兄貴たちに聞かせてやりたいぜ。まったく、どこに行っちまったんだか。捜すのがひと仕事だ」

「君の兄弟も、君を捜してるだろ」

「どうだか、薄情な奴らだからな」

　終は言ったが、いきなり話題を変えた。

「お前、並行宇宙《パラレルワールド》って知ってる？」

「え、うん、まあ人並みには」

「世界の外に、別の世界があって、宇宙の外に、別の宇宙があって、次元の外に、別の次元があるってか」

「まあ、それくらいだね、ぼくが知ってるのは。走無常という仕事をやってる以上、陽界《このよ》と陰界《あのよ》があることぐらいは知ってるけど」

「この世界には陰界と陽界があるっていま言ったな」

「ああ、それが？」

「その場合、陰界と陽界をまとめてひとつの世界と呼ぶのか？　それとも、陰界と陽界を、それぞれ別の世界として算《かぞ》えるのか？　どっちだ？」

瞠は絶句した。終は見たこともない真剣な表情である。と言っても、知りあってまだ一五分ぐらいだが。

「わからないよ。だいたい、そんなこと考えたこともなかった」

「おれもお前と話すまで、そんなこと気づかなかった。ちぇっ、一〇億の世界っていったって、それは算《かぞ》えようによります、なんてことになったら、いつ終りが来るんだよ」

終は憮然とした。

V

「君がこの世界に来る前に、通ってきたのは、どんな世界だった？」

回答を拒まれるかと思ったが、許容範囲だったのか、すぐ終は応えた。

「ここは、ずいぶんちがってたな。恐竜が絶滅してなかったよ」

「へえ、じゃ人類は？」

「見あたらなかった、ずいぶん探したけど、家も村も町もなかったな。だいたい恐竜が全盛期だったら、人類が共存できるわけないだろ。空気の組成分も気温もちがうし」

「そうだね。で、君はなぜ、世界から別の世界へと渡り歩いてるの？」

「それは話せない」

やはり一線があるようだ。ふたりは二匹の金華猫とともに軽々と塀を乗りこえて外に出た。

瞠はともかく、終は重い甲冑を着こんだままだから、やはり普通の人間ではない。

歩きはじめて一〇秒もたたないうちに、夜間巡回の警官に出くわした。

「そこの君、ちょっと」

やはり声をかけられた。素知らぬ顔で歩きつづけようと思ったが、小細工に感じられたし、よけいあやしまれるにちがいない。ふたりは足を停めた。

「まずいよ、終君」

「霊気《アウラ》は抑えてるぜ」

「その剣だよ！」

「……あ、そうか」

終が背負った剣の柄をかるくつかむと、警官の声に生《は》えた棘《とげ》が成長した。

「コスプレ大会にでも出るのかね」

「え、はい、そうですそうです」

「聞いとらんなあ。ま、それはそれとして、君の持ってるその剣だが……」

「模造品《レプリカ》ですよ、模造品。コスプレ用の玩具です。まさか真剣だなんて思ってませんよね」

「思ってはいないけどね、見られてまずいものでないなら、ちょっとだけ見せてもらえないかな」

少量の疑惑は混じっているものの、おだやかな口調である。終は困惑した。相手が権高《けんだか》な、あるいは粗暴な態度に出てきたら、それにふさわしい対応ができるのだが、おだやかに出てこられると、かえって始末が悪い。いきなり逃げ出したら当然、追われるし、まさか殴りつけるわけにもいかない。

「えーと……」

「えーと？」

「さいならッ！」

結局、逃げ出すしかなかった。チーターも白旗を揚《あ》げるような快足である。

「あッ、こら、待てえ……！」

当然の反応を示して、警官は走り出しかけたが、振り向いて瞠に指を突きつけた。

「おい、君はここにいろ。動くんじゃないぞ。逃げてもムダだからな」

「はい、動きません」

おとなしく瞠は応じたが、もちろん虚言《うそ》である。警官が終を追っていったら、すぐ自分も逃げ出すつもりだ。ところが事態は、瞠の意図どおりには進まなかった。警官は二秒ほどの間にめまぐるしく表情を変えたあげく、瞠の腕をつかんだ。

「何するんですか」

「ちょっと交番に来てもらおう」

「何でぼくが⁉」

「あの逃げた坊やは、見たこともないほど足が速い。いまいましいが、とても追いつけそうにない。交番で君の口から事情を尋《き》いたほうが効率的だ」

「ぼくは何も知りませんよ！」

「何もなかったらあやまるから、とりあえず来てくれ」

腕をつかんだ警官の手に、しだいに力がこもってくる。振り払おうとして、瞠は考えなおした。そんなことをしたら、ますます心証を悪くするだけだ。不愉快だが、それほど長い忍耐はしないですむだろう。

根拠のない確信が生まれていた。あの竜堂終という少年は、瞠を見殺しにはしないだろう。時機を見はからって瞠を救ってくれるにちがいない。

「行きますよ。だから手を離してください」

「残念だが、そうはいかん。君にまで逃げられたら、目もあてられん。手錠よりましだと思うんだな、五分くらいの辛抱《しんぼう》だ」

しだいに言動が乱暴になってくる。瞠の腕を両腕でかかえこむようにして、大股に歩み出した。瞠は無抵抗のまま、半ば引きずられていく。

背後に感じた。霊気《アウラ》の刃を。

「うわっ、わっわっ、何だ何だ⁉」

警官が驚愕の叫びをあげる。瞠が横を向いて見たものは、制服の背中を両断されて、たちまちパンツ一丁の姿になってしまった警官の狼狽《ろうばい》ぶりだった。

「早くしろ！」

終の手が瞠の手首をつかみ、ふたりは自転車なみの速さで夜道を疾走しはじめる。

「警官に追われるのは慣れてるんだ」

「どこで何をやってたんだよ」

「正当……いや、過剰防衛を五〇回ぐらいかな。あ、一〇〇回かもしれない」

「それって普通じゃないよ」

「おれが普通だって言ったら、普通の人たちに悪いだろ」

瞠は声では答えなかったが、へえ、と内心で感心した。こいつも、普通の人たちとちがうことぐらいは自覚しているらしい。

「剣で斬ったのかい」

「ああ、またつまらぬものを斬ってしまった」

人気アニメの台詞《せりふ》で気障《きざ》に答えて、終はいまさらのように確認した。

「で、方角はこっちでいいのか」

「だいたいね」

完全に警官を引き離した。

「しかし、君もつくづくとんでもない奴だな」

瞠はあらためて言いながら、店の裏にまわって玄関を開けた。今夜の仕事は全然すんでいない。夕食の後、礒崎家に出直しだ。

「あら、今日はどこかでコスプレ大会……」

言い終えぬうちに、京の表情が動く。めずらしく、驚愕と警戒と不審とが、ないまぜになった表情だ。終は平然として冑をぬぎ、深々と頭を下げた。

「瞠くんの友人です。竜堂終と申します。おじゃまいたします」

「あ……友人、友人ね」

京の視線を受けて、瞠は笑ってみせた。初対面から三〇分も経過していないのに、友人と称するのも、すこしおこがましいが。

「奥へ行って、階段を上って。すぐ瞠も行くから」

終が一礼してそれに従うと、京は甥の腕をつかんだ。

「ちょっと、瞠、あの子、何者？」

「だから友人の終だよ」

「何いってるの、あんた、気がつかない？　すごい霊気《アウラ》よ。こんな強い霊気、いままで経験したことない。どこの誰か知らないけど、超大物よ」

「へえ、そうなんだ」

実感のないまま瞠がうなずくと、京は階段の方をちらりと見やった。

「敵意は全然、感じないから、御接待しましょ。あんたたちの年ごろは質より量だから、明日の分までつくっといてよかったわ」

瞠がいったん自室にもどると、終が両掌《りょうて》をあわせた。

「いや、悪い悪い、霊気《アウラ》を抑えるの、忘れてしまってた。でも、お前の姉さんも凡物《ただもの》じゃないな、おれの霊気を感じとるなんて」

「姉じゃなくて叔母だよ」

「似たようなもんだろ。若く思われるほうが、円《まる》くおさまるんだよ」

　京の声が階下から響いてきた。

「終君、お腹すいてるでしょ。瞠といっしょにダイニングにいらっしゃい」

「すごい洞察力だな。おれ、お前の姉さんが気に入った」

「それはどうも……」

「お前だって、充分とんでもない奴なんだぜ」

　終が指摘した。

「走無常なんてな、善良な一般市民の皆さまがたは、聞いたこともないだろ。陰界《あのよ》と陽界《このよ》を往《い》ったり来たり、なんてことを喋《しゃべ》ったら、精神科のお医者を紹介してくれるか、ＴＶのオカルト番組でオモチャにされるかだぜ」

「喋る気なんてないよ」

「あー、もう、不毛な会話はやめようや。腹が減るばかりだ。まだ食事……」

　終の哀しげな語尾を、階下からの声がかき消した。

「何してるの、たくさんつくったから、早く下りてらっしゃい」

　瞠と終は同時に飛びあがった。育ちざかり食いざかりの両名が視線を衝突させて、

「お先にどうぞ」

と言ったのは、相手の迫力に負けたわけではない。良心の最後のひとかけらというものであろう。

一〇代半ばの少年たちが、肉ジャガやサーモンマリネの匂いに抵抗できるはずもない。ふたりは数瞬後にはダイニングルームに飛びこんでいた。


同時刻、中野区北部、哲学堂《てつがくどう》公園にほど近い住宅街に、三つの黒い人影が佇んでいる。

第二章　衣食足則知栄辱《いしょくたればすなわちえいじょくをしる》

I

三つの人影が佇《たたず》んで視線を向けているのは、三階建てのマンションであった。マンションとしては規模は大きくないが、一階《ワンフロア》ごとに一戸という、ゆとりある造《つく》りで、さぞ高価な物件であろうと思われる。

三つの人影のうち、一番小さい影が、すこし寂しそうに声を出した。

「やっぱり、ここ、旧《もと》の世界じゃないんだね」

「そのようですね、余《あまる》君。すくなくとも、ぼくたちの家はないようです。どうしましょうか、兄さん」

もっとも背の高い影は、すこしの間、沈黙を守った。夜の帳《とばり》が降りた住宅街の路上には、他に人影も見あたらない。

「富士山が噴火したようすもないな。さしあたって、はぐれ者を捜すとしよう」

「まったく、どうやったら、ひとりだけ、はぐれられるんでしょうね。こつを知りたいものです」

そのとき小さな影がふたたび声をあげた。

「あれ見て、あれ！」

末っ子の指《さ》ししめす方向を見やって、兄たちは息を吐き出した。遠く、西南、多摩川の方角に、白い光の塔が建っている。常人に視《み》えるものではない。

「終《おわる》の奴、霊気《アウラ》を出しまくってるな。不用心にも、ほどがある」

「この世界に炎帝《えんてい》の眷族《けんぞく》がいたら、群らがっていくでしょうね」

「そうなったら、霊気《アウラ》の光が東京中を照らし出すぞ」

「で、どうします、兄さん」

すると末っ子の余が提案した。

「ぼくたちも、そろって霊気《アウラ》を出そうよ。そうしたら終兄さんがそれを見つけて、ぼくたちのところへやって来るかも」

次兄の続《つづく》が長兄の始《はじめ》を見やる。竜堂家の若い家長は、苦笑に似た表情をつくった。

「終の奴が、夜空を見あげておれたちの霊気《アウラ》を探しているなら、それがいい。だが、はたしてそうかな」

「ちがうの？」

「ちょうど夕食刻《どき》だぞ」

「あ、そうか」

もし終が夕食にありついていたら、料理と食器以外には目もくれず、ひたすら胃の内部《なか》へと送りこむにちがいない。あまりの食いっぷりの良さに、ラーメン屋の御主人やらパンケーキ屋の小母《おば》さんやら、食の専門家たちで終のファンになった人が、もとの世界にはすくなからず存在した。被害者もいて、「終の所為《せい》で潰れたビュッフェ形式の店は、一ダースをこえる」と長兄が溜息まじりに認定したくらいである。

「じゃあ、どうするの」

「こちらから出向くさ」

憮然《ぶぜん》として始は応えた。

「レストランだったら、食い逃げを阻止しなきゃならんからな」

青い甲冑の始、紅《あか》い甲冑の続、黒い甲冑の余。三人の兄弟がチーターよりも迅速《はや》く走りはじめたころ、終はのほほんと他人の家で食事をしていた。

「後援会からは見すてられ、カルト教団からはつけ狙われる、か。おれより不幸な人っているもんだなあ」

「君ってそんなに不幸なの？」

瞠《みはる》の問いかけに、終は不満そうに応じる。

「何だよ、おれが幸福そうに見えるのか」

「すくなくとも、元気で明るそうに見える」

瞠が断言すると、終は指を振ってみせた。

「あのな、お前、いい年齢《とし》して、人間を外見で判断するもんじゃないぞ」

「具体的にどう不幸なんだい」

「算《かぞ》えきれないほどだが、そうだな、現在ただいま、腹がへって死にそうだ」

もりもり食べながらこの台詞《せりふ》だ。瞠は笑いをこらえて、しかつめらしく応じた。

「そりゃ人生最大の不幸だ。で、それを克服する術《すべ》はないの？」

終が答えないうちに、京《みやこ》がキッチンから顔をのぞかせた。

「終君、その甲冑を脱《ぬ》いで着替えなさいよ。くつろげないでしょ？　他人の目にもつくし」

「まあ、なるべく目立たないようにします」

「無理よ、その恰好じゃいくら何でも。コスプレの会場ならともかく……よく似あってるとは思うけどね」

終を制止した京は甥《おい》を見やった。

「瞠、あんたの……」

瞠は苦笑した。

「わかってるよ、ぼくの服を貸してやれっていうんでしょ」

「理解が早くてよろしい。見たところ、身長も体形も似てるし、昨日たくさん洗濯したから、清潔な服がいくらでもあるでしょ」

他に良い方法がないのは明らかだった。終が恐縮したように頭を下げる。

「すみません、御迷惑をおかけします」

その台詞は自分に言うべきではないか、と内心で瞠は思ったが、口には出さなかった。

「このまま放っておくと、鬼門関《きもんかん》が開いてしまうのよ。とっととかたづけてね」

京の声を受けて、終が瞠に質《ただ》す。

「鬼門関ってのは、地獄の門のことだよな」

「放っておくと、妖魔や悪鬼が続々出て来る……まずいな」

「おれたちが、まずくならないようにすればいいのさ。何を悩んでる？」

瞠は溜息をついた。

「ぼくは走無常なんだ。死者、死霊以外の犯罪に対処するのは越権行為になる」

「お前、おれと同い年齢《どし》なんだろ」

「ああ、一五歳だよ」

終は、わざとらしく腕を組んだ。

「優等生ってのは、これだからな。その年齢《とし》で官僚主義に毒されるなよ！　何かあったら、おれが責任かぶってやるからさ」

食べるとたちまちにエネルギーが全身にみなぎる終だが、じつは他人様の家で食事をさせてもらっているので、彼としては控え目に食べたのだ。それでも動くには充分だった。瞠の方は、終の半分も食べてはいないが、ほぼ満腹である。

「終君、尋《き》きたいことがあるんだけど……」

「何だよ」

「君たちの長い旅には、どんな意味があるんだ？」

終は問い返した。

「その質問には、どんな曰《いわ》くがあるんだ？」

「まじめに尋いてるんだけど」

瞠は声を強くしたつもりだが、終は気にする風《ふう》もない。

「じゃ答えよう。その意味を知るために、おれたちは旅をしてる」

終が決然として断言したので、瞠はいささか気押《けお》された。

じつのところ、瞠は感心することもなかったのだ。終の台詞は長兄《ちょうけい》の受け売りなのである。終は、兄弟四人で旅をすること自体が楽しいのだった。


幸福な人間もいれば——正確には終は人間ではないが——不幸な人間もいる。

礒崎誠介《いそざきせいすけ》は、とぼしいエネルギーをたちまち費《つか》いはたしていた。

「お、お父さん……幽霊……」

いまさらながら、自分が、地上《このよ》の者ならぬ相手と話をしていると思い知る。

「誠介」

名を呼ばれた瞬間、礒崎誠介は、一段と深い混迷におそわれた。幽霊がしゃべったことにも驚愕したが、その声が傲慢と称してよいほど力強かったのである。父の幽霊ではなく、父が生き返ったのではないか。誠介はそう思い、彼の驚愕はたちまち恐怖に変わった。

死せる陽介《ようすけ》は、たてつづけに舌打ちした。

「何だ、今ごろになって幽霊が怖くなったか。どこまでもずれた奴だな。そんな為体《ていたらく》だから、下級国民どもが羨《うらや》む地位も特権も活《い》かすことができんのだ。あげくの果てに、礒崎家が一〇〇年かかって築きあげてきたものを、ぶちこわそうとしておる。この不孝者、謀反人《むほんにん》めが！」

涙声で誠介は抗弁した。

「政治家は商店でも町工場でもない。家業ではありませんよ」

「幼稚なことを言うな。そんな安っぽい正論を振りまわすようだから、秘書どもにも後援会にも見放されるんだ。甲斐性なしめ！」

陽介（の幽霊）が息子に音もなく近づく。誠介は後退した。父親から目を逸《そ》らしたいが、全身に見えないロープが巻きついている。

「私に実体があれば、お前の前歯を全部へし折ってやる。二度と、へらず口がたたけないようにな……いや待て」

陽介は陰火を灯《とも》した両眼で息子をながめ、五秒ほどの沈黙の後、声を出さずに笑った。

「ふん、私もどうかしておった。こんな簡単な方法があったのにな」

「な、何をする気だ」

「お前の身体《からだ》をもらう。そして私は若返る」

「い、いやだ」

誠介の声がかすれた。

「死にたくない。誰か助けてくれ」

「いまさら世迷言《よまいごと》をぬかすな。それだから、こんな醜態で後援会に見放される破目《はめ》になるんだ。今後、生きていたって、よいことはないぞ」

「ち、父親が自分の息子を殺すのか」

「お前など、私の子である資格はない」

陽介の死霊は、室内の気温を低下させた。すくなくとも、誠介にはそう感じられた。

「や、やめてくれ、やめろ」

「もうやめられん」

「誰か、誰か助けて！」

叫んだつもりだったが、誠介の咽喉《のど》からほとばしったのは、か細い吐息だけである。一方、陽介の死霊は、みるみる人の形を失い、灰白色《かいはくしょく》の煙となって、大きく開かれた誠介の口から体内へとすべりこんでいった。息子の身体を乗っとるために。

Ⅱ

政務秘書の多久善夫《たくよしお》は、礒崎の背後に隠れ、四半世紀にわたって汚れ仕事《ダーティー・ワーク》を務めてきた。収賄、公金流用、買収、脅迫、メディアへの干渉、デマの発信、反社会的勢力との連係など、彼の人生は毒々しい多忙さに塗りこめられている。

多久もそろそろ五〇歳になる。生涯を一介《いっかい》の秘書として終わりたくない。彼の眼から見れば、誠介は仕える主人としては不足すぎた。苦労知らずの世襲議員、幼稚な甘えん坊で、中途半端に理想論を語っても実行する気力はない。

「おれのほうが、よっぽど大先生の後継者にふさわしいじゃないか。誠介の奴が自分から議員を辞めると言い出したんだから、そうさせてやればいい。なのに、後援会の老人ども、血統《ちすじ》をありがたがって、無理に引きとめやがる。バカじゃないか」

多久は侮蔑の視線で後援会の幹部たちを見まわした。彼のように這いあがってきた男から見れば、誠介を「若殿さま」あつかいしてきた彼らは、アナクロな血統崇拝者でしかない。

「しかし、誠介の奴、老人どもに押されて変心するんじゃあるまいな。奴はおれを後継者に指名した。きれいに辞めてくれたら、悪いようにはしないんだが……」

どうせ何をやる意欲もないのだから、適当な企業か財団の役員にでも就《つ》けてやって、死ぬまで無為徒食《むいとしょく》の飼いごろしにしてやればいい。陽介のように脂《あぶら》ぎってぎらつく男に、誠介のような無気力な子どもができるのだから、遺伝などあてにならぬものだ。

「ま、礒崎陽介《あいつ》みたいな父親がいたら、多少気が強くてもスポイルされてしまうだろうがな。おれだって、そろそろ耐えきれなくなってきたところだ。まったく、いい時機に死んでくれたぜ。ありがとよ、大先生」

多久は陰険としか呼びようのない表情で、誠介の書斎の方角に視線を送った。あの書斎も、いずれ自分の所有物《もの》にしてやる。

保守党の代議士である礒崎誠介は、ちょうど四〇歳になるが、他人からは実際の年齢より若く見られていた。若々しい活力や精気に溢《あふ》れているから、ではない。世慣れせず、自立心に欠け、繊弱《ひよわ》で、頼りなく見えるからであった。

剛愎《ごうふく》で横暴な父親には、子どものころから見くだされており、その圧力を受けてますます生命力が弱くなった。父親の後援者や部下たちも、表面上は礼儀を守ったが、内心では彼を軽侮《けいぶ》している。

……辞職の意を告げたあのとき。

「代議士《せんせい》、若先生」

いらだたしげな声が誠介の鼓膜をたたいて、ようやく彼は顔をあげた。父親の秘書やら後援会の幹部たちやらが、周囲をとりかこんでいる。十数本の視線が悪意をこめて、誠介の全身を突き刺していた。

「私の後継には弟か、多久善夫さんを推したいと思っております！」

そう誠介が半泣きの声で宣言したのは二日前のことだ。仰天《ぎょうてん》した選挙区の有力者たちが上京してきて、今晩の騒動になったのである。

「多久さんを後継者にねえ」

「考えたこともなかったが、それもありかもしれんな」

「ずっと大先生に尽《つ》くしてきた人だしな」

「言っては何だが、若先生や順介さんより政治家向きじゃないか」

何やら妙に活気づいてきた後援会員たちにかこまれて、多久は下を向いていた。笑いを堪《こら》えるのに必死である。

どうやらうまくいきそうだ。たった三年で実現するとは思わなかったが、誠介に必要以上の重荷を負わせて代議士を辞職させ、順介を追放し、多久が取って代わる——陰険な多久の計画は、いまや実る寸前だった。

「いよいよ、おれも代議士さまか」

一同に、「ちょっとお手洗いに」と告げて、多久は室外に出た。トイレは口実である。ひとりで勝利の哄笑《こうしょう》をあげるつもりだった。

「多久……」

多久は太い眉をしかめた。トイレの扉にかけた手をはずして、周囲をにらみわたす。彼を呼びすてにした何者かの姿は見えない。

「誰だ」

「多久……」

「陰気な声で人を呼びすてにしおって……こそこそ隠れてないで出てこい！」

「多久……この恩知らずめ」

多久の両眼に、わずかな動揺が走った。

「恩だと?」

「二〇年以上も飼ってやった恩を忘れて、私の息子を政界から追い出そうというのか……」

多久は声と息と唾をまとめて呑みこんだ。「私」と称する人物の正体を知ったのだ。見る見る彼の顔から血の気が失《う》せた。

「あ、あんたはまさか……」

「大恩人をあんた呼ばわりするのか……二〇年以上飼ってもらっても、礼節をわきまえない雑種犬めが」

　多久の全身が冷たくこわばった。この幽霊は真物《ほんもの》だ。この傲岸《ごうがん》な口調、差別感むき出しの台詞《せりふ》。礒崎陽介以外の何者でもない。多久はそう信じた。彼は全身の力を振りしぼって、死してなお膨大《ぼうだい》な毒気を振りまく主人に抵抗しようと試《こころ》みた。

「だ、だいたい政治家を辞めたいと言い出したのは、あんたの息子のほうだ。後継者におれを指名したのも、あんたの息子だ。おれが恩知らずというなら、あんたの息子は不孝者じゃないか。化けて出るなら息子の前に出て――」

　それが多久の生前最後の言葉だった。

「多久さん、トイレが長いねえ」

「笑いがとまらないんじゃないか」

「ま、我々の役に立ってくれるなら、あの人で悪くはないさ」

広間《サルーン》の扉が乱暴に開き、ひとりの中年男性が転がりこんできた。多久ではなく、その後でトイレへ行った人物である。

「た、た、多久さん……！」

「たくさん何があるんだ？」

軽口をたたきながら歩み寄ってきた者も、一同をつつみこむ冷たい妖気に触れて、表情をこわばらせた。転がりこんできた中年男性の股間が濡れ、ズボンが変色している。

「い、いったい何があったんだ」

「ト、トイレの前で、し、死んでる」

「死んでるって誰が？」

「多久さんだよ、秘書の！」

「何だと」

「と、とにかく警察に報《しら》せないと」

「いや待て、ちょっと待て」

あわてて制止する者がいる。まず多久の遺体を確認してからのことだ。加えて、警察にどう説明するのか。つい先刻《さっき》まで元気だった多久が急死した原因は何か……気にしはじめたら際限《きり》がない。

「そもそも誠介さんは何をしてるんだ。この屋敷の主はあの人だろうが。どこにいる？」

「ここにいるよ」

いつのまにか、扉の前に礒崎誠介が立っていた。

礒崎は、鈍く光る両眼で、後援会の幹部たちを睨みわたした。幹部たちは我知らず身をすくめた。鋭利な刃物を突き刺されるというより、咽喉《のど》もとをつかまれて絞めあげられるような感覚は、ほとんど肉体的なもので、よろめいた者さえいた。室内の空気そのものが蒼《あお》ざめ、そこにいる者は深海魚のように黙りこんで、別人のような誠介の姿を見つめた。

「いいか、私はお前たちの代表だ。いや、主君だ。これまではお前たちに遠慮しておとなしくしていたが、もう雌伏《しふく》の時期は過ぎた。これから将来《さき》、私を蔑《ないがし》ろにする奴は赦《ゆる》さんぞ。私にさからえば、お前らの貧弱な人生など、すぐにでも破滅させられると知れ」

姿だけでなく、声も台詞も、つい二〇分前の誠介と同一人物とは思えない。一同は彼に対する軽侮の念が雲散《うんさん》霧消《むしょう》するのを自覚した。声も出ない中で、後援会長が必死に声帯を奮《ふる》いおこした。

「せ、先生」

「何だ」

「お、おうかがいしてよろしゅうございますか」

「ふん、よかろう、言ってみろ」

質問者の態度があまりにも卑屈なので、礒崎は侮蔑の表情で応じた。

「で、では申しあげます。じつは、選挙区の区割りのことでございまして……」

「五つあった選挙区が、四つに減らされる、という件だな」

「は、はい」

自分がそう決めたわけではない、と言外に匂わせる。礒崎は、口の両端を吊《つ》りあげたが、笑い声は立てなかった。

「無用な心配をするな。私はあたらしい選挙区から堂々と出馬する」

「で、ですが、あたらしい選挙区からは兼原代議士《かねはらせんせい》が……」

「兼原の奴に出馬を断念させる。それですむ話だ」

「か、兼原代議士《せんせい》を引退させるとおっしゃるので……」

兼原信勝《のぶかつ》という人物は、礒崎陽介の競合相手《ライバル》であった。年齢は七五歳、議員として当選八回、国土交通大臣や保守党総務会長代理を務めた大物である。

「七〇代も半ばになって、いつまで国会議員の椅子にしがみついているつもりだ。そろそろ潮時というものじゃないか。晩節を汚す前に、きれいに身を退《ひ》いて、ゆったりと老後をすごしたほうがいいぞ」

「ですが兼原先生の後は、たしか婿養子《むこようし》が継ぐはずで……」

「ふん、また世襲か。世襲民主党と揶揄《やゆ》されるわけだな」

自分だって世襲じゃないか、と、その場にいた者全員が思った。そして全員が、その思いを口にしなかった。

「多久の件を警察に報せるのは、朝になってからでいい。私は考えごとがある。指示があるまで待っておれ」

誠介がその場を去って、一同はようやく息をついた。

「せ、誠介さんは、あんな人だったか？」

「バカ、誠介先生と呼べ。ありゃ本気だ。あの人にさからったら、二度と浮かびあがることはできんぞ」

蒼ざめた会話の沼の中から、泡のように不安や動揺の声が立ち昇っては弾《はじ》ける。

「考えようによっては、たのもしいじゃないか。あんな迫力と威圧感を秘めた人だったとはな」

「まるで、亡くなった陽介先生が乗り移ったようだ」

「非科学的なことを言うのはやめなさいよ。問題はあれだ、我々がこれからどうするかってことだ」

「……誠介さんが気を変えなさったんなら、我々もこれまでどおりでいいんじゃないか」

「そうだな。別に変えなくてもかまわんだろ」

一同はひきつった顔を見あわせ、理性も常識もなくうなずきあった。

Ⅲ

肉ジャガとサーモンマリネと卵サラダ、それに具だくさんのミソ汁をおかずに、三人前の食事をたいらげて、終は幸福の溜息をついた。

「お前の叔母さん、料理がうまいな」

「まあまあだろ」

「いや、茉理《まつり》ちゃんのつぎにうまい」

「茉理ちゃんって?」

「あ、いや、知りあいの女《ひと》」

別にあわてる必要もないのだが、終は拙劣《へた》にごまかした。うっかり茉理の名を出すと、長兄が姿をあらわす気がする。

「それにしても兄貴たち、どこへ行っちまったんだろ。同じ通路をくぐったはずなのに、よくはぐれられるもんだ」

はぐれたのは自分の方なのに、終は勝手なことを口にした。京がキッチンから顔を出す。

「御満足いただけた？」

「あ、ごちそうさまです。おいしいおフクロの味をありがとうございました」

「あのね、肉ジャガが古いおフクロの味だなんて、虚言《うそ》だからね」

「え、そうなんですか」

「肉ジャガが一般化したのは一九七〇年代になってからなの。料理人がシチューをつくろうとして、調味料をまちがえたんだって」

「それでも五〇年は経《た》ってますね」

あまり意味のない会話だな、と瞳は思った。終という少年は、ジャガイモ料理の味つけのベースが、ソースだろうと醤油だろうとハバネロだろうと、たいして気にせず「おいしくいただく」にちがいない。

「それじゃ食器をかたづけるわね」

「あ、おれ、じゃない、ぼくがやります。御馳走《ごちそう》になった上に、かたづけまでしていただくなんて……」

「いいのよ、お客はお客らしくしてなさい」

京は微笑したが、終はなぜか、「無料《ただ》より高いものはない」という名言を思い出した。

「それより、終君の家庭ってどんなものなの」

「うちは一〇〇年遅れの家父長制度なんですよ。父親がいないから、上の兄貴が家長で、家長の命令は絶対。ぼくは毎日、兄たちのパワハラに怯《おび》えているんです」

それにしてはのびのびと育ってるなあ、というのが瞪の感想だったが、口には出さなかった。

「そりゃまた古臭い《アナクロな》家庭で育ったものね。年齢が上というだけで、いばりかえるなんて、昭和の遺物だわ」

京が何かと瞪に指導教師ぶりを発揮するのは、女性版のパワハラではないか、と思ったが、これも瞪は口に出さなかった。終と京お姉さまは、どうも波長が合いそうだ。ネコだと思って虎の児《こ》を家に引き入れてしまったかもしれない。

「上の兄さんはどういう人?」

「図書館の地縛霊《じばくれい》」

終は即答する。つけっぱなしのＴＶから気象情報が流れて、桜前線が順調に北上している旨を伝えると、京は柳眉《りゅうび》をひそめた。

「いやな季節になってきたわね。桜なんか咲かなくてもいいのに」

「お姉さんは桜がお嫌いなんですか」

「桜はいいのよ。あたしが嫌いなのは、桜見を口実にして酒をくらってバカ騒ぎする連中なの。この感覚おかしい？」

「いえ、至極《しごく》まっとうだと思います」

あんがい常識的な女《ひと》なんだな、と、終は思ったが、瞠は知っている。京が三、四人の女友達と夜桜見物をして、薄い梅酒で酔っぱらい、性質《たち》の悪い酔漢《よっぱらい》を五、六人たてつづけに井《い》の頭《かしら》池に放りこんだことを。他の客に絡《から》んだり、女性に抱きついたりして笑っている男たちが、つぎつぎと水面に飛沫《しぶき》をあげるのは小気味よい光景ではあったが、警備に駆り出されていた警官たちが近づいてきたので、一同あわてて京の腕を引っぱり、混雑と暗さにまぎれて何とか逃げのびたのであった。

「上のお兄さんて、お幾歳《いくつ》？」

「たしか八歳ちがいです」

「早く成人《おとな》になって、お兄さんと対決するのね」

終は憮然として頭《かぶり》を振った。

「一度、竜になってしまったら、もう年齢《とし》をとらなくなっちまうそうなんです」

「それじゃ、君、ずっと十五歳のまま？」

「……てことになりますね」

終はうなった。

「いまいましい。何千年も何万年も、兄貴たちに子どもあつかいされなきゃならないなんて、おれの未来は暗黒だ」

思わず瞠は笑った。

「気の毒だね」

「ふん、いいさ、永遠の未成年でも、酒を飲んで煙草《タバコ》を喫《す》って困らせてやる」

所詮《しょせん》、良家の子である終は、そのていどのことしか思いつかないのである。

「この世界に、タバコはあるか？」

「あるけど、そのうち失《な》くなるだろうね」

そういう御時世なのであった。

「そうだ、『怪奇！　一四日の土曜日』ってＴＶドラマ視《み》たことある？」

「ないよ。そんな番組、聞いたこともない」

「やっぱりそうか」

終は残念そうに腕を組み、小首をかしげた。

「よく似てるけど、ちがう世界なんだな」

「大阪や名古屋《なごや》で放映《やっ》てて、東京ではやってない番組もあるよ」

「お前さ、なぐさめてるつもりかもしれないけど、何の意味があんの」

「もともと君の質問が無意味なんだよ」

「無意味で悪かったなあ」

終は、茶碗をつかんで大きくかたむけた。熱い八女茶《やめちゃ》が、茶碗と終の口との間に、緑色の滝をかける。

「豪快な飲みっぷりねえ。でも熱かったでしょ、大丈夫？　火傷《やけど》しなかった？」

「平気です。でも、すみません。行儀の悪いことをしちゃいました」

京に向かって、終が恐縮の一礼をする。

つい先刻《さっき》のことを、瞠は思い出した。終が二階に上ったとき、瞠が来るまで扉の前で佇《たたず》んでいたのだ。部屋の主がいないのに勝手に入れない、というのである。

「いいよ、入って来て」

終は瞠の部屋に入って来た。ドアの内側に貼られた禁足呪符《きんそくじゅふ》を一瞥《いちべつ》したが、興味なさそうに室内を見わたす。ベッドにデスク、書棚にMLB《大リーグ》のポスター……

「個性のない部屋だな。でも、おれの部屋よりかたづけられてるのは感心だ」

「君の部屋より散らかすのは無理なんじゃないかな」

「禁足呪符なんか持って、金華猫と同居してるような奴に言われたくないね」

「おたがいさまか……で、どんな服《の》がいい？」

「おれは貸してもらう身だからな、何でもいいよ、動きやすいものなら」

言いながら、胡座《あぐら》をかくかと思いきや、両ひざをそろえて正座したので、瞠は内心おどろいた。親しき仲にも礼儀あり。奔放《ほんぽう》でいながら、現代《いまどき》あきれるほど躾《しつけ》がゆきとどいている。終の兄弟たちに一度、会ってみたいものだ……。

「立ち入ったこと尋《き》いてごめんなさいね」

「いえ……」

「さて、それじゃ、瞠、礒崎誠介の家に行ってらっしゃい」

「えっ、これから⁉」

「当然でしょ、あんた、今夜のミッションをまだすませていないのよ。途中で帰って来たんだからね。エネルギーを補給したところで、もういっぺん出かけて、すませておいで」

「食後のお茶まで飲んだのになあ」

「入浴《おふろ》を後にまわしといて、よかったわね。ほらほら、いくらぐずついても、時計の針は逆まわりしないわよ」

「わかったよ、行くよ」

「おれも行く！」

　終の方が先に立ちあがった。

「一飯《いっぱん》の恩は大きいからな」

　食後には運動。終は当の瞠より張りきっていた。

Ⅳ

竜堂終は西海白竜王《せいかいはくりゅうおう》として、空気の流れを制御する能力を有している。風と音がその主たるものだが、超音波、低周波、高周波、電波……力の限界がどこまでか、当人にもまだわからない。

礒崎邸の裏手の夜道。

終は口をすぼめて短く鋭く息を吐き出した。

礒崎邸を包囲する監視カメラのレンズが、ひとつ割れ砕けた。ふたつめが音をたてて破裂する。みっつめが砕け散ると、ガラスが庭園灯の光を受けて、偽物の青玉《サファイア》のようにきらめいた。

「これぐらいは、てつだわせてくれよ」

「ありがとう」

「おや、人が出てきたぜ」

想定外の事態を受けて、礒崎邸の通用門が開き、いくつかの人影が飛び出してきた。例によって、特殊警棒と懐中電灯のセットを手にしている。

終が不敵な笑みを唇に刻《きざ》んだ。

怪鳥の絶叫を連想させる不快な音響が、高級住宅地一帯にとどろきわたったわけではない。

何の音もしないのに礒崎邸の警備員たちは、懐中電灯や特殊警棒を取り落とし、両手で耳を押さえながら、地面に倒れこむ。瞠もとっさに両耳を押さえたが、強烈な眩暈《めまい》と吐き気に挟撃され、立っていられなくなった。

「世話のやける奴だなあ」

活気も生気も失われていない声がして、何者かの手が瞠の身体をささえた。同時に眩暈と吐き気が潮が引くように去っていく。瞠は呼吸をととのえて加害者を軽くにらみつけた。

「いきなりすぎるよ」

「すまんすまん、でも、もう平気だろ」

「何とかね。いまのは何？」

「『以徐制敵《しずかなるをもっててきをせいす》』の一種。極超低周波を出して敵を無力化する。殺してはいないよ」

「わかってる。でも何だかなあ、じつは今夜のミッションあまり気がすすまない」

瞠の台詞《せりふ》が、終に不審な表情をつくらせた。

「好きだから、やってるんだろ？」

「別に好きじゃない」

瞠が不本意さをこめて応えると、終は腕を組んで瞬《まばた》きした。

「じゃあ、イヤイヤやってるのか。できれば辞めたいのか」

「辞めたいってわけじゃない」

終はすこし思案するように瞠をながめやった。「見る前に跳ぶ」タイプの終は、もつれた会話が嫌いなのである。

「他に何かやりたいことがあるのか」

「別に……」

「お前な、その『別に』って台詞やめろ」

終の声調が微妙に強くなった。金童と銀童が、瞠の両脚に寄りそう。

「失礼じゃないか」

「失礼って……誰に対してさ」

「お前の仕事と、お前自身に対してだよ」

言いながら、終は周囲を見わたした。宏壮《こうそう》な邸宅群は、暗夜の中に静まりかえっている。一軒ごとに、ごたいそうな防犯システムがあるのだろうが、他家の事象には反応しないようだ。

「お前のやってる仕事は、あの世とこの世との間を安定させるものなんだろ。重要なことじゃないか。普通一般の人たちには知られないけど、だいじな仕事だぞ。好きでないとしても、やっている以上、最善をつくせよ」

終の強い語調は、京の言葉を瞠に想い出させた――「あたしは走無常の仕事に誇りを持ってるからね」

「……そうだな、考えるのは朝になってからでいい。ひと仕事すませてくるよ」

「よし」

えらそうに終はうなずいた。じつのところ、終が瞠に対して垂れた台詞は、長兄からさんざんくらっている訓戒《おこごと》の中から、適当なものを選び出したものである。

「だけど気をつけろよ。この屋敷の内部は、たぶん悪党だらけだ。悪党でなくても、お前を見たら攻撃してくるだろう。そのとき、お前はどうする？」

瞠は終の顔を闇をすかして見すえた。

「言ったろ、ぼくは生きている人間の犯罪には関与できないんだ」

「そうかい、でも先方《あっち》はお前に関与したがるだろうぜ」

「そうなったら逃げて、また出直しだ」

終は頭《かぶり》を振った。

「走無常の規則は、このさい忘れろ。人間として正当防衛という義務がある」

「義務？」

「親からもらった生命だ。守るべき義務の最高のものだぞ」

なるほど、そういう考えもあるか。

終という少年に、瞠はいまさらに興味をおぼえた。「友達とはいいものだ」という陳腐《ちんぷ》な台詞が新鮮に感じられる。終はこの世界の住人ではないから、夜が明けない裡《うち》に去ってしまうかもしれない。残された自分は……何を為すべきだろう。

「戦争と政治は結果がすべてだ。野球で言えばな、九回裏二死《ツーアウト》までリードしていても、逆転サヨナラホームランを打たれたら、それまでの努力なんか水の泡だろ」

説得力があるな、と、瞠は思った。英単語の綴《つづ》りでも、二次方程式の立てかたでも、途中まで正しかろうと、最後でまちがったら点をもらえない。たびたび試験に悩まされる瞠としては、身につまされる例である。

「だから途中経過なんて、どうだっていいの。結末《おわり》よければ、すべてよし。火を放《つ》ける者、それを消す者、いろいろさ。気にするなって」

この台詞は、長兄のお説教から借りたものではない。次兄《じけい》からの借り物である。竜堂家の次男は、兄より過激なのであった。もちろん瞠の知るところではない。

「他人に説教するって、なかなかいい気分だなあ。おれも長男に生まれればよかった」

「え？」

「い、いや、ちょっと想い出したことがあるだけ。それより、お前、現在《いま》のうちに早く忍びこめよ。おれはもう手を出さないようにするから」

「いろいろありがとう。それじゃ行ってくる」

「くれぐれも気をつけてな」

これまた終のガラにあわない台詞だったが、素直にうなずいた瞠は、かるく助走すると、高い塀を一気に飛びこえた。金童と銀童がその左右を守って、ひとりと二匹は礒崎邸の門内に消えた。

「がんばれよ、っと……さて、おれは何をしようかな」

瞠が無事にもどってくるまで、門外で待機する。それは決めていたが、その間に何をして時間をつぶそうか。三分もたたず、終は時間をもてあましはじめた。

「静かだな。何もおこってないのか」

終が「静かだ」と言うのは、「退屈だ」という意味と、ほとんど同義である。

「イヌがいたら吠えそうなもんだけどな」

まさか礒崎誠介がイヌ嫌いの金魚好きとまでは、終の想像力もおよばない。

不意のことだった。敵意はないが巨大な霊気《アウラ》が、強い空気の流れとなって終に吹きつけてきたのだ。反射的に身がまえた終は、霊気《アウラ》の発生源をにらみすえた。半秒後。

あっ、と終が声をあげた。

「始兄貴、続兄貴、余も。こんなところで何してるんだよ⁉」

「御挨拶だな。お前を捜しに来たんだよ」

「終君こそ、こんなところで何をしてるんです？　おや、なかなか身軽な恰好ですね。うらやましい」

「友達から借りたんだよ」

「友達？」

「それより、兄貴たち、よくこの場所がわかったね」

「あたりまえだ。あんなにハデな霊気《アウラ》を出して。敵に見つかったらどうする」

「見つからなかったからいいじゃないか」

「ふん、それでこの世界について何かわかったか」

「アジアとヨーロッパの境界《さかいめ》あたりは、戦争やらテロやらで大変らしいぜ。日本は退屈なぐらい平和らしいけど」

「お前がいると、遠からず平和でなくなるだろうな」

「ほら、そうやってすぐ苛《いじ》める。パワー・ハラスメントって言うんだぜ」

「お前を苛めるような度胸はないよ」

始はまじめな声で応じた。

V

あわただしく、終は兄弟たちにこれまでの事情を説明した。事実そのものではなく、各処をアレンジしたが。

「だから、おれは食事のお礼に、このミッションをてつだってるわけ。タダメシ御馳走になりっぱなしってわけにいかないだろう」

「……そりゃ、ま、そうだが」

長兄が眉根を寄せる一方で、末弟が感心した。

「終兄さんにも友達がいたんだね」

「はたくぞ、お前」

終は指先で弟の額をつついた。次兄が、優美だが微妙な笑みを浮かべる。

「この世界にも、ずいぶん物好きな子がいたんですね」

「それくらいにしておけ」

始が苦笑まじりに弟たちをたしなめた。

「邸内に終の友達が入《はい》って、どれくらい経《た》つ？」

「一〇分か一五分ぐらいかな」

「いまのところ邸内は静かだな」

「何か騒ぎがおこったら、すぐおれが飛びこんで……」

「ますます騒ぎを大きくする、というわけですね」

「………」

終は反論したかったが黙っていた。過去の行状のかずかずを想い出したからだが、じつのところ、次兄の皮肉が核心を突いていたからである。

「肉ジャガを食べるために、この世界に来たのではありませんよ。わかってるんでしょうね」

「もちろん。炎帝《えんてい》を追って、つかまえて、西王母《せいおうぼ》さまのところへ引っぱっていく」

「この世界ではそうしないんですか、終君」

「思いっきり平和な世界だぜ。炎帝がのさばってるとも思えないけどな」

終が今度は反論すると、長兄が応じた。

「炎帝は、べつに破壊神というわけじゃない。支配がうまくいって、反抗する者がいないのなら、平和を守るだろう。まだ結論は出せない。戦争やら暗殺やらも起こっているらしいからな」

「おれ、あっちの門の方を見てくる」

終が駆け出すと、その後を余が追いかけた。年長のふたりはその場に残る。

「友達ができて、嬉しそうですね」

「人気者だが、友人はつくらないようにしてたからな」

「ぼくたち兄弟みんなそうですよ」

「うん……終や余には可愛想なことしてきたな」

「しかたありませんよ。正体を見ぬかれたら、相手がとんでもない迷惑を被《こうむ》りますからね」

深夜の東京の路上。ふたりとも中国風の、より正しく言えば宋代の甲冑を身に着けたままである。白昼であれば、万人が眼をむくシュールな光景であった。

「続は同性の友人はともかく、バレンタイン・チョコをくれる相手には困らなかっただろう」

「否定はしませんよ。でも、実際にぼくの口にはいったのは、ほんの一部です」

続が苦笑したころ、礒崎邸の内部では、あらたな騒動が生《しょう》じかけていた。

小さめのホテルと称しても通用する建物の一角、警備室では、誠介がモニターのＶＴＲを視《み》て、憤怒《ふんぬ》していた。

「おい、何だ、これは？」

「はあ……」

「何がはあだ。このたわけ者が！　チャイナドレスのすごい美人が、聞いてあきれる。ネコじゃないか。人間とネコとの区別もつかんのか、お前らは！」

誠介の罵倒に、警備員たちは困惑狼狽《ろうばい》の体《てい》でうなだれた。いくら事実を語っても、信じてはもらえない。そもそも、目撃した彼ら自身、自分の視力と理性を信じられないのだ。抗弁したところで、怒声の暴風が吹きつけてくるだけであろう。そもそも、あの繊弱《せんじゃく》だった二代目が、一時間かそこらで先代をしのぐほどの暴君に豹変《ひょうへん》したのも、信じがたい現象だった。何かとんでもない剣呑《けんのん》なことに巻きこまれて、どう対処すべきか見当もつかない。うなだれるしかなかった。

　同時に、築山の蔭では、警備員の奈良林《ならばやし》という粗暴な男が、紅いチャイナドレスの美女と対峙していた。

「何とか言え！　お前は何者だ」

　美女は応《こた》えた。

「ニャア」

　奈良林の眼が血走った。

「ふ、ふざけるな、何がニャアだ。お前はネコか」

　もちろん銀童は、ふざけているわけではなかった。金華猫は人間の視覚を惑《まど》わせることは完璧だが、聴覚はごまかせない。人語をしゃべることはできないのだ。

　奈良林は怒気にふくれあがって、一歩、チャイナドレスの美女につめ寄った。

「まじめに応えろ、でないと痛い目を見るぞ」

「ニャア」

　銀童はまじめに応えたが、奈良林の怒気を爆発させるには充分だった。彼は警棒をホルスターに納めると、マカロフ拳銃を取り出した。

「よし、ネコならネコらしくあつかってやる。ノラネコは環境の敵だからな。駆逐するのが都民の義務だ」

奈良林はマカロフ拳銃を握りなおした。身体のどこかに銃弾を一発撃ちこんで動けなくしてやる。民間人が拳銃を持つのは違法だが、礒崎代議士が事をおさめてくれるだろう。

だが、奈良林は引金《トリガー》を引く以前に、標的をさだめることができなかった。眼前にいるのは、頭頂から爪先まで、完全無欠な美女なのだ。顔に撃ちこむなど、とんでもない。チャイナドレスのスリットから覗《のぞ》く脚を傷つけるのも、あまりにも惜しい。何とか無傷で囚《とら》えることはできないものか。そして、自分が女であることを後悔させてやる。

打算と欲情が奈良林を迷わせたのは、ほんの数瞬である。銀童にとっては充分すぎるほどだった。

「うわーッ」

奈良林の顔面が、右上から左下へ、赤く裂けた。

血の噴き出る顔を両手で押さえて、奈良林は大きくのけぞった。マカロフ拳銃は音を立てて玉砂利の上に転がる。銀童は宙を跳《と》んで建物の一階部分の庇《ひさし》に舞いおりた。はぐれてしまった主人と兄弟を捜して疾《はし》り出す。

またも苦痛と驚愕の絶叫がひびく。別の場所で、青いチャイナドレスの美女が、鋭い爪を輝かせて、警備員の顔を切り裂いたのである。「ひっかく」などという生やさしいものではない。顔面の右上から左下まで、長さ一五センチ、深さ五ミリにもおよぶ紅い線が奔《はし》り、一瞬後に弾《はじ》けて血飛沫《ちしぶき》が飛散する。

顔をおおって、この警備員も転倒し、玉砂利の上をころげまわった。

その傍を駆けぬけながら、金童は思った。

（感謝してほしいな、両眼を避けてやったんだから）

第三章　万事莫貴於義《ばんじぎよりたっときはなし》

I

終と余は助走もなしに高い塀を躍《おど》りこえた。というより「舞いあがり、舞いおりた」と表現すべきかもしれない。音ひとつ立てなかった。ブルゾン姿の終だけでなく、黒曜石でつくったかのような甲冑をまとった余もである。

「何でついてくるんだよ」

「おもしろそうだもの」

「とか何とか言って、おれを見張るよう、兄貴たちに命令されたんじゃないのか」

「うん」

隠しもせずに余が肯定したので、終は片手で頭髪をかきむしった。

「おれはそんなに信用がないのかよ」

「心配してくれてるんだよ」

「どうせやりすぎを心配してるんだろ」

竜堂兄弟の年少組が暗い庭園を移動している間、礒崎邸の広間《サルーン》は恐怖の劇場と化していた。後援会の面々は、それなりに覇気を持つ男女だったはずだが、一秒ごとに生命力を消費していくかに見える。

ひとりの男がすべての他人を支配していた。外見はまったく普通の人間と変わらない。だが、肉体は礒崎誠介でも、中身は礒崎陽介なのだ。いまや中身が外見を侵略しつつあった。

おとなしそうな態度は、自信満々の言動に変化した。おだやかな表情は、ふてぶてしいものになった。静かな声は、必要以上に大きく攻撃的に変わった。歩幅は広くなり、うつむきかげんな顔は昂然《こうぜん》と上げられた。全体の存在感は、幾倍にも大きく、押しつけがましいほどに肥大した。あえて言えば、「たくましく、たのもしくなった」のである。

「何ごとかあって変身したのか、それとも、いままではわざと正体を隠して時を待っていたのか……」

ほとんどの者が重苦しい疑問に押しつぶされかけている。それをにらみすえながら誠介が口を開いた。

「私は生まれ変わったんだ。総理大臣の座をめざす。何、簡単なことだ、この国では、どんな非常識で無学な人間でも、政治のインサイドにいれば首相になれる。さて、そこで」

偽の誠介が舌で唇をなめた。

「七〇歳以上の高齢者には、みんなやめてもらう」

後援会員たちは無意識に呼吸をとめた。五秒ほどしてから、各処で苦しげな咳の音がおこった。咳をしない者たちは、声も出せずに偽誠介をながめやる。ようやく、痩《や》せて背の高い、どこかの町長が声を絞り出した。

「誠介さん——いや、若先生、この場におる人間は、みな高齢者なんですがな。陽介先生のころから、どれほど貢献したか……」

「だからだめなんだ」

「な、何ですと」

「私の後援会に高齢者は必要ない。上限は五〇歳だな。二〇代、三〇代を中心として、一〇代まで、若い世代で日本を変えていくんだ」

茫然とした後援会の面々が、反論の言葉を探している裡《うち》に、扉を激しくノックする音が一同の耳を乱打した。

　警備員たちが、先を争うように広間《サルーン》に駆けつけて来た。

「せ、先生！　たいへんです」

「何をうろたえているんだ」

　誠介（じつは陽介）に白眼を向けられて、警備員たちはすくみあがった。

「お気をつけ下さい。何か怪しい奴がお屋敷に侵入したようです」

「け、警察に通報いたしますか」

「警察は好かん。奴らは無礼だからな」

「で、ですが……」

「何のために警備員がいるんだ！　お前たちで捉《つか》まえろ。未来の首相の安全を守れ」

　誰が未来の首相だって？　警備員たちは一瞬、顔を見あわせてしまったが、怒声をあびてすくみあがった。

「さっさとせんか！　それとも免職《クビ》になりたいか！」

広間《サルーン》の騒ぎは、さすがに邸外にまではとどかなかったが、背中を塀にあずけて待機していた竜堂家の長男と次男には、はっきりと邪気の拡大が感じられた。

「兄さん、ぼくたちが長くいると、ほんとにこの世界も平和じゃなくなりますよ。終君と余君を呼びもどして、早いところ、おいとましましょう」

「しかしなあ、放ってもおけんじゃないか」

「この世界のことは、この世界の人にまかせましょう。一〇億の世界を、たとえば一日ひとつ訪れるとして、一〇億日、二七三万九七二六年かかります。炎帝がいるようすもなし、さっさと引きあげて、つぎの世界へ赴《おもむ》きましょう」

「お前、いやにスラスラ計算したが、スケジュール帳でも持ってるのか」

「いやだなあ、兄さん、初歩の算数ですよ。暗算です」

「ふうん……」

「霊気《アウラ》を抑えてると、どこにいるやら、わかりにくいですね。無限の世界ですべてを知る唯一神でもないし」

「しかし、『無限の世界ですべてを知る』というのは根本から矛盾してるんじゃないか」

「……ですね」

続がうなずく。兄と哲学問答を始めると、長くなってしまうのを承知している。

「終の奴、案外おそいな。ちゃちゃっとかたづけて出てくると思ってたが」

「どうなっても状況を愉《たの》しんでるんでしょう。それに、余君が機を見てブレーキをかけると思いますよ」

「ブレーキが故障してなきゃいいんだがな」

「よくあることですね、ブレーキとまちがえてアクセルを踏みこむ」

「……おれたちも行くか」

「長兄の御意《ぎょい》のままに」

ふたりの年長組は、弟たちをしのぐ優雅さで、高い塀を舞い越えた。

広間《サルーン》から離れたテラスでは、瞠が何者かと話をしていた。相手は人間ではなかった。もやもやしたガスのかたまりだ。何と、父親に肉体を乗っとられ、体外に追い出された誠介の霊体だった。

誠介の霊体は何とか人間の形を保《たも》とうと努力していたようだが、コントロールがうまくいかず、ついに断念したようだ。そのかわり、口だけを使うことに傾注《けいちゅう》したらしく、案外はっきりと言葉を発した。

「瞠君とかいったね」

「ええ」

「君は政治家になりたいと思ったことはあるかい」

「いえ、別に」

終に指摘されたのに、また「別に」と言ってしまった。

「そうか。私はねえ、嫌《いや》だったんだよ」

誠介は、力のない笑みを浮かべた。瞠は黙って霊体の姿を見つめた。返答のしようがない。

「この国の未来なんて知ったことじゃなかったし、権力を手に入れて他人を支配しようと思ったこともない。父を見ていたらイヤでイヤで、といって非行や犯罪に走るだけの、エネルギーと呼ぶのは変だが、それもなくて……とにかく平凡に生きていきたかった」

「だから突然、代議士の椅子を放り出したの？」

「そ、そう」

瞠の視線は、あまり同情的ではなかった。

「政治家の地位は、それほど軽いものじゃありませんよ」

「わかっている。政治家の地位は重い。その重さに、私は耐えられなくなったんだ」

またも吐息。妙な表現だが、いかにも「骨が細そうな」吐息である。

「党の上層部《おえらがた》にはヒラメのように平伏し、選挙区に帰れば、陳情に押しかける連中の利害を調節して、だれからの怨みも買わないよう心がける。後援会の幹部たちとは、つくり笑いで握手し、選挙のときは恥を抑えて自分の名を絶叫し、イヌにまで手を振る。政治資金のデータを夜中までチェックし、早朝に起き出して懇親会のゴルフに出かけ、その帰途《かえり》にはカラオケバーで流行歌をがなりたて……」

「自分で選んだことでしょ」

「ちがう！」

誠介の霊体は叫び、荒々しく呼吸した。

「話が通じん。出ていってくれ！」

瞠は言われたとおりにした。金童と銀童がつづく。

「よけいなことは考えないでおこう。眼の前のミッションを、きちんとかたづけなきゃ。集中力を欠くと、失敗するぞ」

自分に言い聞かせながら、テラスを出て建物の角を曲がると、みごとな一本桜の大樹がそびえていた。蕾《つぼみ》が開く寸前で、妖美な生命力が夜空に発散されている。

「ここで『桜を観《み》る会』でも開くんだろうな。京姉さんが乱入してきたら、おもしろいことになるだろうね」

銀童に向けて話しかけたつもりだったが、夜気の海にさざ波が立った。反射的に瞠は跳《と》びすさったが、すぐに力を抜いた。瞠と色ちがいのブルゾンを着こんだ京が立っていたのだ。

「な、何でここにいるの」

「不肖の甥っ子が、どうも頼りないから支援に来たのよ」

「お店の方は？」

「もう客なんか来ないから閉めてきた。それに、今回はちょっと見物の価値がありそうだし」

「迷惑だよ、見物なんて」

「魏《ぎ》の曹操《そうそう》がライオン狩りをしたとき、見物人は多いほどいいって言ったそうよ」

「え、曹操がライオン狩りをしたの⁉」

「張華《ちょうか》の『博物志《はくぶつし》』に書いてあるわよ。曹操の獅子狩りの話」

「その張華って人、信用できるの？」

「何いってるの、三世紀の有名な政治家で学者よ。日本人の書いた『三国志』しか読んでない輩《やから》には、困ったもんだわ」

「中国に虎がいることは知ってたけど、ライオンまでいたなんてなあ」

「ライオンを漢字で獅子と書くでしょ？」

　京は宙に指で文字を書いてみせた。

「実体があったからこそ、象形文字ができて、漢字が完成したんじゃないの。『三国志』でいうなら、呉《ご》の孫権《そんけん》は象を飼ってて、それを曹操にプレゼントしてるのよ。あと、名前は忘れちゃったけど、漢《かん》の何とか皇后の墓を発掘調査したら、大熊猫《パンダ》の骨が出てきたっていうから、その時代には、やたらといたのね」

　変な話ばかり、よく知ってるなあ。瞠は感心すると同時にあきれたが、口には出さなかった。事態をこじらせたくなかったので。

「往古《むかし》の中国って、動物王国だったんだね」

「日本だってヨーロッパだってそうよ。あたしたちの遠い御先祖たちが、亡ぼしてしまったの」

「……人間って罪深いんだねえ」

　瞠の歎息に、京は同調しなかった。

「現在《いま》生きてる人間は、ひとり残らず、過去の人たちの子孫なんだからね。それを忘れて御先祖さまの悪口を言うのは僭越《せんえつ》ってもんよ。御先祖たちがサーベルタイガーやマンモスに負けていたら、現在《いま》のあたしたちは存在しないんだからね」

「それはそうだけど……」

瞠がそれ以上、何も言えないうちに、京の姿は建物の内部《なか》へ消えてしまった。あわてて瞠が追いかけようとすると……。

おーい、と声がして、氷上を滑走するように駆けつけたのは竜堂終である。口うるさい兄たちを放り出して来たのだ。すぐ後ろには余の姿があった。

Ⅱ

あわただしくおこなわれた自己紹介と会話は、常識人には理解できそうにないものだった。

「……だから父親の霊体を息子の肉体から追い出す。これが第一の課題なんだ」

「そんなことしたら死んじまうぞ——あれ、もう死んでるのか。どっちなんだ」

「礒崎陽介にとって、息子の肉体は霊体の容器にすぎないんだ。肉体が破壊されても、別人の肉体に乗り換えればいい」

瞠の説明に、終はかるくうなった。

「なるほど、それにしても、自分の息子の肉体を乗っとるなんて、見あげた執念ではあるな」

「見さげた性根《しょうね》と言うべきだよ」

「それは私に対する褒詞《ほめことば》だな」

嘲弄《ちょうろう》する声が彼らを打った。巨大な一本桜の蔭《かげ》から陽介が現われたのだ。霊気《アウラ》を出していなかったとはいえ、気づかなかったのは不覚だった。

「へえ、こいつはなかなか……」

終がつぶやく。油断ならない相手と看《み》てとったのだ。

瞠は、単純に「生ける屍《しかばね》」とは呼べない相手を思いきりにらみつけた。

「あこぎな死者には何人も遇《あ》ったけど……自分の息子を殺して身体を乗っとろう、なんて考える人は、はじめてです」

「ふふ……創造的だろう」

礒崎陽介は息子の顔で笑った。肉の仮面が笑い出したかのような薄気味悪さだ。四〇歳の仮面をむしり取ったら、七〇歳の素顔があらわれるのだろうか。

「創造性は陰界《あのよ》で発揮して下さい。陽界《このよ》に、あなたの居場所はないんです。さあ、すぐ息子さんの身体《からだ》から出て、陰界へ帰って下さい」

「私は命令されるのは好かん」

「お願いしてるんです」

「それにしては頭《ず》が高いじゃないか、孺子《こぞう》ども」

同時にさまざまな場所で、いろいろなことが起こっていた。弟たちを追って邸内に侵入した始と続は、眼鏡をかけた若い女性に出くわしたのだ。京だった。

始と続は姿勢を正した。「女性に礼儀正しく」というのは、竜堂家累代《るいだい》の家訓である。ふたりはそれぞれ冑《かぶと》をぬいで深く一礼した。

「愚弟《ぐてい》から聞きましたが、たいへんお世話になりましたようで、御礼と御詫《おわ》びを申しあげます」

「あら、大歓迎ですわ。うちの甥には友達らしい友達がおりませんし、迷惑をおかけしたのは、こちらの方でございます。何とぞお恕《ゆる》しくださいまし」

上機嫌を絵に描いて３Ｄ化したら、現在の京になりそうである。美形の若者たちに鄭重《ていちょう》に応対されて、機嫌を害《そこ》ねるはずもなく、いっそ健全な反応かもしれない。

「たぶん、御馳走していただいたことと思います。御厚意を金銭に換算するのは失礼ですが、食い逃げさせるわけにもいきませんので」

続が甲《よろい》のどこかから紙幣を取り出して兄に手渡す。姿形と動作がどうにもちぐはぐだが、しかたない仕儀であった。

「お金銭《かね》、これで通じますか」

差し出された紙幣を受けとって、京は表と裏を一見した。

「一万円札の肖像が、まだ福沢諭吉《ふくざわゆきち》ね。でも真物《ほんもの》だわ」

「じゃ問題ないですね」

続の言葉に、京は小首をかしげた。

「まあ問題ないと思うけど、このお札は異世界から持ちこまれたんですよね。でもって、お札にはかならず番号がつけられてます。こちらの世界でも、あちらの世界でもね」

「それくらい知って……あ！」

続の声が、何かに気づいたようだ。

「おわかりいただけました？」

「そうか、どちらのお札も真物なら、おなじ番号のお札が二枚存在することになるんですね」

「ええ、そういうこと。でも別に問題ありません」

京は笑ってみせた。さっさと何かを買って、厄介事の種は他人に押しつけてしまおう。

「受けとっていただいてありがとうございます。ところで走無常というお仕事は大変でしょう」

「それほどでも。あたしたちは、本部からの指示にしたがっているだけですもの」

「本部ってどこに……いや、これは尋《き》いてはいけないことですね」

「別にそんなことないですよ。横浜《よこはま》の内陸部にあります。五竜昇天聖宮《ごりゅうしょうてんせいぐう》という道教寺院……あなたがたのもといらした世界には、ありませんでした？」

始と続は、同時に頭を横に振った。

「いえ、知りません。存在しているのか、存在しているのに、ぼくたちが無知なのかは、わかりませんが」

「まあ、存在しないんでしょうね。あんなところ、三千世界にひとつあれば充分だわ」

竜堂兄弟の年長組は、かるく視線をあわせた。

「いったん失礼します。弟たちを捜して来ますので」

「気をつけてね、あたしのことは心配いらないから」

始や続といっしょにいたかったが、くどくまつわりつくと嫌われる。京は彼らと反対方向へ足を運んだが、すぐ声をかけられた。上方からである。

「京姉さん」

「なんだ、瞠か」

「なんだはないだろ。いま遇《あ》ってたのはだれ？」

「終君の兄さんたちよ」

「ああ……」

「うふふ、よりどりみどりだなあ」

「その笑いかた、気味が悪いよ」

「うるさいわね、お子ちゃまは黙ってなさい。成人《おとな》にしか許されない世界があるんだから」

「あ、わかった」

「何がよ」

「何でもないよ」

陽界《このよ》で一番、説得力のない台詞を投げ出して、瞠は、屋根から軽々と庭に降り立った。ほとんど足音も振動も立てないのは、修業の成果というより癖である。

「終君はどうしたの？」

「犠崎とにらみあってる。邪魔だから向こうへ行ってろ、と言われたから京姉さんを捜しに来た」

「そう、ところで瞠、あたしが先月買った淡緑色《ライトグリーン》のパーティードレス、ちゃんとしまってあるわね」

「たしかＷＩＣ《ウォークインクロゼット》の中だよ」

京姉さんは美人だけどドレスはあまり似あわないな、と瞠は思った。もともと日常的にスカートをはかず、活動的なパンツルックの女《ひと》なのである。そもそもドレスなど持っていること自体、想像しにくい。

「失礼なこと考えてるでしょ？」

「べ、別に」

「あんたの考えてることなんて、お見通しよ。襁褓《おむつ》だって換《か》えてあげたんだからね。こっちだってまだ小学生だったのに、我ながら健気《けなげ》な……」

「話がずれてきてるよ」

「とにかく、あたしだってパーティードレスぐらい持ってるわよ。その気になったら、あたしの魅力の前には、英国皇太子《プリンス・オブ・ウェールズ》だって、ひざまずかせてみせるから、愉しみにしておいで」

「心が弾《はず》むね」

そう応じたのは瞠ではなかった。壮年の男性の声で、毒々しい力感に満ちている。礒崎陽介＝誠介の声だ。さすがに京が一驚《いっきょう》したのは、左手にガス状のものをつかんでいて、それが誠介の霊体だということだった。

「私に手を出すかね？　よかろう、拳銃でもナイフでも、好きに使うがいい。だが、傷つくのは誠介であって私ではない。そして、きさまらは誠介に対する傷害罪で逮捕されるんだ」

「そんなヘマをするもんですか。あんたを息子の肉体から追い出してやる。息子のほうにも困ったもんだけど、すくなくとも父親よりは善良らしいから、身体は返してあげる」

嘲弄が陽介＝誠介の顔を彩《いろど》った。

「まったく元気のいい小娘だ。なかなか気に入ったぞ。しかし、無理だな。お前にそんなことはできん」

「やってあげようじゃないの」

京の両眼が、眼鏡のレンズごしに危険な光を放った。

「おっとっと、これでも手が出せるかな」

誠介の姿をした陽介の右手が動くと、凶凶《まがまが》しいナイフの尖端が彼自身の咽喉《のど》にあてられていた。

虚を突かれて、京の動作が停止する。悦《えつ》に入った笑い声が低くひびいた。

「私の霊を誠介の肉体から追い出そうとした瞬間、私は咽喉を突く。傷ついて死ぬのは誠介だ。私はとっくに死んでいて、いまさら肉体など、どうでもいいからな」

理解した京は、南派白猿拳《はくえんけん》の構えを解いて、つくづく相手を見つめた。

「はあ、いっそ感心するわね。ここまで利己的な父親がこの国に存在するとは、さすがに想像しなかった。あんた、何のために子どもをつくったの？」

「もちろん私の役に立たせるためさ。まあ、ここまでの事態は予想しなかったがね。子が親の犠牲になるのは日本の美風だろう？」

「かってに美風をでっちあげるんじゃないわよ。往古《むかし》の歌舞伎ならともかく、二一世紀にそんな主張が通用するわけないでしょ」

「だまれ、戦後民主主義に洗脳されたバカ女が。基本的人権だの国民主権だのという戯言《たわごと》が日本を亡ぼすのだ。私は今後、何度でも生まれ変わって日本を世界の中心で輝かせてみせるぞ！　七生報国《しちしょうほうこく》、八紘一宇《はっこういちう》……」

「九死に一生、十人十色」

　京が即座にやり返すと、陽介＝誠介のコメカミに青筋が立った。半ば右手を挙《あ》げかけたが、京が「殴ってみろ、訴えるぞ」という表情をつくると、それを悟ったようだ。荒々しく、舌打ちして、誠介の霊体をその場に放り出した。

「自分も戦後生まれで、そのスキームのおかげで代議士先生になれたくせに。それこそ戯言をほざいてるのは自分じゃないのさ」

　京は冷然と言いすてた。

「ま、何とか誠介さんの肉体を、この極悪親父から奪《と》りもどしたわ。ミッションの一部になっちゃったけどね」

「………」

「ちょっと、聞いてるの、瞠!?」

「ああ、はい、はい、聞いてます。いえ、うかがってます」

「敬語なんか使わなくていいからさ、しっかりしてよね――これは誠介さんにも言ってるのよ、あなた自身の問題なんだから」

すると、誠介の霊体は、視線を落として、かぼそい声を押し出した。

「じつはね、ええと、こんなことを言うのも何ですが……あの……」

「はっきりしなさい！」

京が一喝すると、年下の異性に叱られた誠介は、霊体をちぢめた。

「じ、じつはね、私はそれほど身体を奪《と》りもどしたいとは思ってないんです……」

「何《なあん》ですって？」

「に、肉体を乗っとられても、こうやって意識があることはわかったし、無理に奪《と》り返さなくても、霊になって生きて――と言うのは変かな、存在できるとわかりましたから」

京は、めずらしく唖然たる表情になった。陽介がわざとらしい笑い声をあげる。

「わかったろ、こいつはそういう奴なのさ」

Ⅲ

「この根性なし！　それでも男か」

「京姉さん、それってセクハラ発言だよ」

舌戦を見守っていた瞠が、ようやく口を開いた。

「何言ってるの。激励よ。応援よ。愛の鞭《むち》よ。ハラスメントに愛はないけど、あたしは瞠に、偉大な人物になってほしいから、心の裡《なか》で涙を流しながら、口だけは厳しく言ってるの。それぐらいのこと、わかるでしょ」

「わからない」

「修業がたりん！」

「はいはい、修業に行ってきますから後でね」

瞠はふたたび終を捜そうとした。今夜のミッションは意外すぎる。いつものひとりと二匹以外に、乱入者が何人もいるし、礒崎父子の関係も異常だ。早くミッションをすませて、シャワーをあびて眠りたい。

「まあ、ちょっと待ちなさいよ、瞠」

京は片手をあげて瞠を制すると、両腕を組んだ。霊体に話しかける。

「誠介さん」

「はあ」

「どうしても幽霊になったままでいたい、と言うならしかたないけど、どこかへ行くの？」

「いや、東京にいるつもりなんだ」

「東京に？」

「東京なら政治と距離をおいて生きていけるからね」

瞠が意表をつかれた声を出す。

「え？　だって東京は日本の首都ですよ。政治の中心でしょ。政治から離れたいなら、どこか地方の山の中とか……」

誠介は瞠を見やって黙っていたが、やがて大きく息を吐き出した。幽霊が溜息をつくのを、瞠は、はじめて見た。

「君にはわからないよ。いや、軽蔑してるんじゃない。幸福だと言ってるんだ。羨《うらや》ましいよ」

京が、組んでいた腕をほどいた。

「そういうところが、たしかに政治家に向いてないのよねえ……」

「すみません」

誠介が一段と声をか細くしたので、京はいらだった。

「何であやまるの！　そういうところが……」

見守っていた瞠は、妙なことに気づいた。

「今度の場合、誠介さんの霊は生霊なの、死霊なの、どっち？」

「そんなこと後で考えなさい！　現在《いま》はとにかく、陽介の霊体に乗っとられている誠介さんの身体を、邸外《そと》に出しちゃだめよ！」

「わかってるよ」

ひとつ肩をすくめて、瞠はかるく身がまえた。灯が点《とも》り、人声が伝わってくる方角へ注意を向ける。それにしても、何という宏壮な邸宅だろう。礒崎陽介がいかに非道な人間であっても、社会的に成功した人物であったことは確かだった。

「……終君はどこにいるんだろう」

あの竜堂終が、陽介に敗れたとは、瞠には思えなかった。第一そうなら、さぞはでな音がしたにちがいない。

「京姉さん、さっきの誠介さんの話、どういうこと？　よく理解できないんだけど」

京は眼鏡を押しあげると、教師っぽい表情をつくった。

「あんたみたいなお子ちゃまにはわからないかな。ＴＶのニュース番組なんかに、ときどき出て来るでしょ。政治なんて自分の人生に関係ない、選挙で投票なんかしない、と言い放つ連中がさ」

「う、うん」

「そんな戯言《たわごと》をほざけるのは、大都会、とくに首都圏に住んでる人間だけよ。東京から離れるほど、地方に行くほど、市町村が小さくなるほど、政治は生活や家庭に入《はい》りこんで来るの」

実感がわかぬまま、とりあえず瞠は問いをつづけた。

「たとえば？　具体的には？」

今度は京は眼鏡を引き下げた。

「こっちから尋くけどさ、瞠」

「う、うん？」

「日本の過疎地の農山村で、最大の産業は何だと思う？」

「え、そ、そりゃ農業か林業でしょ。秘湯とかいって温泉でもあったら観光業かもしれないけど、最大じゃなさそうだな……」

「はい、どれも外《はず》れ。ペナルティとして朝食は抜きね」

「そんなの聞いてないよ！」

「冗談よ、冗談」

瞠は溜息をついた。

「冗談に聞こえないもんなあ」

手指で髪を梳《す》きながら、ぼやくしかない。

「それで正解は？」

「正解は公共事業」

「公共事業って、土木工事とかやってるあれ？」

「そ、道路をつくったり、橋をかけたり、ダムを建設したり、ああ、最近だと原子力発電所を誘致したり……ほんと日本人って懲《こ》りるってこと知らないのね」

「ぼくは日本人だけど原発はイヤだよ」

「個人個人はそうだろうけどねぇ」

誠介の幽霊が弱々しく応じる。

「ただの荒地に原発が建つとなると、何十億円もの補助金が地元に投じられるんだよ」

「そういった利権をまとめて、整理して、分配する。それが政治屋の仕事。一円でも多く政府から補助金をもぎとって、選挙区にばらまく。町役場とか土建会社とかにね。都会から人がやって来て人口が増える。地元の商店には客が増える。原発に勤める人のためにアパートが建ち、学校は生徒増で廃校をまぬがれる。まあ磯崎陽介という人物は、その種の仕事では有能だったんでしょ。だから地元の人たちから先生、先生と信奉《たてまつ》られていた。でも、彼が死んで、後を継いだ長男の誠介は無能——というのは気の毒かな」

「いや、たしかに私は無能でした」

誠介の霊体は自嘲した。自嘲する霊体というものも、瞠は初見である。

彼らの会話は広い邸内を移動しながらおこなわれた。警備員たちが放つ懐中電灯の光を避け、建物や樹木の蔭《かげ》をつたいながら。

「私が有能な政治家だったら、台湾の最先端半導体の大工場が誘致されるはずだったのだよ、あの選挙区に。ところが、私が役立たずだったので、隣の県に持っていかれてしまった。おかげで後援会は炎上、いや、逆上したわけだ。町を亡ぼす気か、地域を消滅させる気か、ってね」

「そんなにすごい工場だったんですか」

「すごいって意味にもよるがね。地元への経済効果は一年間で四〇〇〇億円と言われている」

「へえ……」

京は感心したが、瞠の琴線《きんせん》には全然触れなかった。金額が大きすぎる。

「工場の従業員は二〇〇〇人。地元で一五〇〇人を採用し、台湾から五〇〇人がやって来る。

彼らは家族をつれて来るから、その中には小学生も中学生もいる。すると、どうなると思う？」

「ずいぶん人口が増えますね」

「そうだ。私の故郷は過疎地で、選挙区の数まで減らされてしまった。工場ができれば、何やかやで人口が五〇〇〇人は増える。小中学校の生徒も増えて廃校もまぬがれるし、従業員たちの住居も建てられる。スーパーだって進出してくるだろう」

いつのまにか、誠介の声は熱をおびていた。何だか半導体企業の宣伝みたいだな、と思いつつ、瞠は問いかけてみた。

「政治家になって、やりたいことがあったんですね」

「…………！」

「だったら政治家を辞める必要なんて、なかったんじゃないですか。最初は軽い御輿《みこし》でも、経験を積んでいったら、だんだん重くなって、ただ担《かつ》がれてるだけじゃなくなる。できることも多くなる。良心的な政治家もいるんだって、世の中に知らせてやればいいのに」

「そんなことが、この不肖者にできるものか」

冷笑がひびいた。しばらく沈黙していた陽介が発したものだ。

息子の誠介と見較べると、両者が父子とは、とても思えない。ＤＮＡなんて、いいかげんなものだ。

「そのなさけない息子は私がつくったものだ。子の身体を親が使って何が悪い⁉」

「過去が未来を乗っとるのは、陰陽両界を律する理《ことわり》に反するからです」

「ふん、教えられた回答だな、誠介め、自分に見あった理解者を得られたらしい。選挙のとき、票にならないのが残念だ」

「どこの選挙区だろうと、残念ですが、あたしや甥には選挙権がないから」

京の冷たい反応を、相手は無視した。

「この若い身体があれば……私は一〇年か一五年で首相になってみせる」

陽介は息子の手で拳をつくり、胸を張って夜空を見あげた。というより、にらみつけた。その眼は理性と正気を失っていたが、息子のそれより何千倍ものパワーに満ちていた。

始と続にいてもらえばよかった。真にめずらしく京は後悔した。生死にかかわらず、礒崎陽介という男は、彼女の手には負えないかもしれない。

「どうせ、お前たちには何もできやしないんだ。私が出世のエスカレーターを駆け上るのを、指をくわえて見物しているがいい」

陽介は息子の霊体を放り出すと、わざとらしく京に背を向けた。

その始と続は、弟たちを捜しながら、別の場所で会話をつづけていた。

「我々は不老不死ということになっているが……」

始がつぶやく。

「永遠なるものなど、存在しない。この世界にも、あの宇宙にも、どの次元にも……たぶんそれが真理だろうとは思うんだが……」

「残念ですが、証明できませんね」

「証明できる者がいたら、それを神と呼ぶのかな」

続は黙然と兄の台詞を受けた。

「我々も、いつかは消滅する。いつ、どこで、どんな形でかは想像しようもないが……」

そこまでで始の述懐は中断した。高尚な会話にふさわしくない濁った騒音が、邸内からひびきわたったのだ。この分だと、近隣からの通報で警察が駆けつけるのも時間の問題である。竜堂家の長男と次男は、眼を見あってうなずきあうと、広間《サルーン》の前を走りぬける。開いたままの扉から、室内のようすが見えた。

「盛大に民主主義の宴《うたげ》を開いていたらしいな。政治家と支持者が入り乱れて」

始の声に、続が辛辣《しんらつ》に応じる。

「ぼくに言わせてもらえば、どうせ民主主義なんて代物《しろもの》は、衆愚《しゅうぐ》政治という泥沼に向かって傾斜した下り坂としか思えませんけど」

「おいおい」

「長さや角度には差があるけど、行き着く先はみんな同じですよ。日本でもアメリカでも」

「ずいぶん過激だな。いったい誰に影響を受けたんだ？」

続は声を立てずに笑った。

「兄さんに言われるのは不本意だなあ。ぼくは兄さんの背中を見て育ったんですからね」

「おれ、お前をそんな風に育てた自覚《おぼえ》はないけどな」

始の声には、いささか自信が欠けていた。

Ⅳ

瞠は走りまわっていた。屋内では靴をぬぐべきだが、いちいちそんな礼儀を守る余裕はない。

終は信頼できるし、想像もできないほどの実力を持っている。だが、別世界の人物（？）だ。巻きこんではいけないし、あてにしてもいけない。瞠と二匹の金華猫とで解決しなくてはならないのだ。

決意をあらたにする瞠だったが、廊下の曲り角でよく知っている人物に遭遇した。口笛を吹かんばかりに上機嫌な京である。

「京姉さん、機嫌がいいね」

「別にそんなこともないけど……そう見える？」

「見えるから言ってるんだよ」

「そうか。そう見えるとしたら、あんたが大テガラを立てたからよ。後見人として嬉しいわ」

「大テガラ？」

まだ瞠は、礒崎陽介の悪霊を陰界へ帰していない。何のテガラだろう。

小首をかしげていると、

「何だこんなところにいたのか」

終が声をかけてきた。出会ったり別れたり、忙しすぎる夜だった。

広間《サルーン》では、後援会の面々が恐怖と不安に慄《ふる》えながら、床に投げ出された物体を見守っている。

「多久め」

吐きすてたのは、もどってきた誠介、じつは陽介である。

「この忘恩野郎、生涯を礒崎家にささげます、なんて、よくまあぬけぬけと……私、いや、親父が死ぬ前から、着々と乗っ取りの準備を進めていたんだな。だから人間なんて信用できん。国民全部にポータブルの監視カメラをつける必要がありそうだな」

「せ、代議士《せんせい》、それはいくら何でも不可能では……」

冷酷な視線の矢が、後援会の幹部たちひとりひとりの顔に突き刺さり、えぐりまわす。もはや彼らは抵抗の意志を根こそぎ奪われ、下を向いて慄えるばかりだった。

「あーあ、なさけないの。こりゃまるで、数学の補習を受けて、教師に指名《あて》られるのを恐れる劣等生じゃないか」

その場に、終と瞠が入ってきた。

いかにも優等生的な台詞を吐いて、終は横を見た。めんくらった。瞠が誠介の霊体に抱きつかれているのだ。

幽霊に抱きつかれたのは、はじめての経験である。瞠は悲鳴をあげなかった。じつのところ、大声で叫んだつもりだったのだが、声が出なかったのだ。冷たく湿った気体が帯となって瞠にまとわりつき、手足まで動かなくなりそうだった。

金童と銀童は烈《はげ》しく鳴きたて、瞠の周囲を駆けまわる。金華猫一匹はドーベルマン六頭に匹敵する戦闘力を持つ、と言われるが、それは物理的な存在に対してであって、実体のない幽霊に対しては無力なのだった。

短気で果敢な金童は、誠介の霊体を思いきり引っかこうとしたが、瞠のブルゾンに爪痕を残しただけであった。

「瞠君、だったね、たのむよ、私を見すてないでくれ」

「見すてませんから離れて下さい」

どうにか瞠は両耳をふさぐことができた。耳の穴から幽霊が頭蓋の内部へ侵入することを防ぐ。だが、鼻孔はふさぎようがない。

礒崎陽介は誠介の顔で、悪意満々の表情をつくった。

「息子の幽霊に、耳から入ってほしいか、それとも鼻からがいいかね。どちらがいいか、返事してくれたらそうしてやろうて」

もちろん瞠は、そのような安っぽい挑発には乗らなかった。口を開いたら、その瞬間に誠介の霊体が飛びこんでくる。ハンカチで口と鼻をおさえたら、呼吸ができなくなり、しかも片方の耳は無防備になる。

瞠は進退きわまった。

眼球を動かして終の姿を探したが、視界の中には見あたらない。あの悪友、肝腎《かんじん》なときに、どこで何をしてるんだ⁉

金童と銀童の身体が宙に舞った。

誠介の霊体めがけて躍りかかる。誠介の霊体は肉体よりはるかに動作が機敏らしく、するりとかわしたので、二匹の身体は抵抗なく、それを通過して前方の床にころがってしまった。

邸内の騒ぎをつくる原因となった人物は、肉体を父親に奪われ、霊体だけで瞠の体にしがみついている。

「あのう……私はどうしたらいいんでしょうか」

瞠の後ろにいた終が、そっけなく応じた。

「自力で自分の身体を奪《と》りもどすしかないね」

「そ、そんなこと、とても私には……」

「できない？　だったら、こいつにてつだってもらうんだね」

瞠の手首をつかんで前に引き出す。

「というかさ、それがお前の任務なんだろ」

「そうにはちがいないけど、こんなのは初めてだよ」

「何にでも最初はある。失敗をつづけても、経験をつんで一人前になっていくんだ」

りっぱな言説だが、これまた長兄の受け売りである。とはいえ、状況に応じて適切な台詞が出てくるのだから、終の記憶力と取捨選択力も、なかなかのものだ。

終が広間《サルーン》の窓ごしに西の夜空を注視しているのを見て、この状況下で瞠は笑い出しそうになった。西といえば富士山の方角である。

「どうだい、噴火してないだろ」

「うん……」

終は肯《うべな》ったが、何やら不満そうである。理由は明快きわまりない。

「どうせ活火山なんだから、景気よく火を噴いてくれればいいのに。阿蘇山《あそさん》とか桜島《さくらじま》みたいにさ。火山としてのアイデンティティに欠けてるな」

「不謹慎なこと、言わないでくれ。犠牲者が出たらどうするんだ」

「ああ、そうだな。でも、どうせなら大スペクタクルを見せてほしいもんじゃないか。何のための世界遺産だ」

「さあね、ユネスコにでも尋《き》いてくれ」

「終兄さあん……！」

これはむろん余の声だ。重い甲冑を身に着けながら、地球の重力も無視して軽々と飛びこんできた。

「兄さんたちが捜してるよ」

「妙に行きちがってるな。おれの方も捜してるんだ」

だが、行きちがいにも終わりが来て、ほどなく四人兄弟はテラスで顔をそろえた。瞠をあわせて五人、悠然ともどってきた京を加えて六人である。瞠は誠介の霊体をしがみつかせたままであった。

V

「あと、えーと、九億九九九九万九九九九四の異世界を廻らなきゃならない。長居していられないんだよな」

「はい、よくできました」

　続がわざとらしい動作で終の頭をなでる。終はむくれ顔で頭をそらした。続は案外まじめな顔で話をつづける。

「いちおう一〇億の並行世界を旅しているわけですが、こちらが動いているように、先方も動いています。行きちがいになるかもしれませんし、つぎに赴《おもむ》く世界で正面衝突するかもしれない。いずれにせよ、緻密な計画は立てられず、行きあたりばったりなのです。この世界に炎帝がいないのであれば、すぐにも、つぎの世界へ発《た》たなくてはなりません」

「ほんとに、果てしない旅なのねえ」

　京が感心したようにうなずいてみせる。

「どこでもいいよ、食べ物さえあれば」

終が形而下《けいじか》的な発言をすると、続が笑った。

「終君の意見を聞くと、金《きん》軍と宋《そう》軍の故事を思い出しますねぇ」

「何だよ、それ」

「聞きたいなら話してあげます」

十二世紀末の中国は北の金国と南の南宋《なんそう》国に分立していた。金軍は自慢の騎馬隊で、しきりに南宋に侵入する。歩兵中心の南宋軍は平原での戦いでは敗北をかさね、国の存続すら危うくなった。

南宋軍で智将として知られる畢再遇《ひっさいぐう》は一計を案じた。大量の黒豆に香料を加えて炊き、これを陣の周囲に撒《ま》き散らしたのである。

やがて金軍の騎馬隊が、すさまじい勢いで殺到して来た。だが、金軍の馬は連戦で疲れており、また餌がなくて飢えている。地上いっぱいに撒かれた黒豆を見つけると、夢中になって食べはじめた。馬上の兵士たちが、どなりつけ、笞《むち》で打っても戦おうとはしない。

動きを封じられた金軍に向かって、畢再遇の命令一下、矢の雨が降りそそぎ、さらに宋兵が斬りこんだ。金軍は死体の山を残して潰走したのである。

「どうです、教訓になる話でしょう」

「何の教訓だよ」

「いくら終君が戦意旺勢でも、周囲にケーキやパイやエクレアなんかが山積みされていたら、そちらをかたづけるのを優先するでしょう?」

「それじゃ、まるで、おれが馬なみの頭脳《あたま》しか持ってないみたいじゃないか」

終は憤然とした。

「家庭内虐待、ここに極《きわ》まれり。もう兄弟の縁を切ってやる。何があっても助けてやらないからな。介護もしないし、葬式もなし。香典《こうでん》だけは受けとるけど」

「不老不死の葬式ってのは空前絶後だろうな」

始が笑って、かるく受け流す。終は頭をかかえた。

「あー、不老不死っていうと、ひょっとして介護も永遠に続くのか。永遠って、一〇〇万年より長いのかな。イヤだなあ」

「妄言もそれくらいにしておけ。介護にかかわっている人たちに失礼だぞ」

かたくるしく正論を述べる長兄に向かって舌を出してみせると、終はいきなり剣を抜き放った。飛躍しながら剣を一閃《いっせん》、たちまち一同の前に黒い人影が落ちてきた。

「終兄さん、斬っちゃったの⁉」

始が手をあげて一同を制した。

「待てよ、そいつは人間じゃないぞ」

「だったら、いったい何なんです」

瞠が問うと、もっともらしく続がうなずく。

「地羊鬼《ちようき》ですね」

「地羊鬼？」

問いかける瞠の前で、終は、血も流さずに横たわっている黒い人影に歩み寄った。

「またつまらぬものを斬ることになるなあ」

白刃《はくじん》が男の身体をひとなでする。思わず瞠は眼をそらした。

「見ろよ、内臓じゃないだろ」

ひとつ呼吸すると、思いきって瞠は死体を覗きこんだ。切開された腹部の内部に見えるのは、胃でも腸でもない。木や土が乱雑に詰めこまれている。その光景が、真物《ほんもの》の内臓より気味悪さを増幅させた。

「うわ……」

「こんな奴まで出て来やがった。こりゃすこし時間がかかるぞ」

終が宝剣を背中の鞘におさめる。

「おーい、みんな集まってくれ」

もはや警備員など気にしない、という体《てい》で終が声をあげる。警備員も、後援会の面々も、気力の限界を超《こ》えて失神しているのかもしれなかった。

「まずいわね」

京が指先で眼鏡を押しあげた。

「とうとう鬼門関《きもんかん》が開いたんだわ」

「え、じゃあ、こいつは鬼門関から出てきたの？」

「こいつは分身よ。地羊鬼の本体はどこかにいる。巧みに霊気《アウラ》を隠してるわね。これからつぎつぎと出てくるわ」

終が手を拍《う》った。

「よおし、地獄の妖魔ども、全員そろって出て来やがれ。この西海白竜王、敖閏《こうじゅん》さまが、真物の地獄を見せてさしあげらあ！」

敖閏というのが終の真名《しんめい》なのである。

「いくら分身を斬っても際限《きり》がありませんよ。本体さえ斬ればいいはずです」

続が弟をたしなめる。

「末世ねえ」

京お姉さまは、腕を組んで溜息をついた。

「空間のあちこちが綻《ほころ》んで、いくつもの異界が通じあってる。今後どんな神怪妖魔が出現するかしらね」

「綻びを直すには、どうするの？」

「そりゃ、神糸鬼帯《しんしきたい》でもって、ひとつひとつ縫って閉じるしかないわね」

「お裁縫《さいほう》かあ」

「もっとも、綻びをひとつ縫いあわせてる間に、三つ新しい綻びができるそうだけど」

「それじゃ全然、追いつかないじゃないか」

「かくて、この世の終り来《き》ぬ」

言ってから、京はなぜか赤面し、口もとを押さえて始と続を見やった。

「あっ、あの、いまのは冗談ですから」

「わかってます。この世界が終わる前に何とかしましょう」

冷静に始が応じると、ほとんど同時に終が躍りあがった。抜き放った白刃が夜空を斬り裂く。

「破山宝剣《はざんほうけん》、剽風裂岩《ひょうふうれつがん》の型！」

頭上の黒影が両断されると、何かが八方に飛散した。石片や木片が雹《ひょう》のように地へ降りそそぐ。

いつしか、算《かぞ》えきれないほどの数で、異形のものが、夜空をおおいつくそうとしていた。

「寒風結氷《かんぷうけっぴょう》の型！」

銀光閃々《ぎんこうせんせん》。そのつど異形のものは斬撃《ざんげき》の前に散乱していく。

あきれたように、始が声をかけた。

「いちいち型の名を叫ばんでいい。アニメの影響か？　にしても、そんな型、聞いたことないぞ」

「あたりまえだよ、自分で考えたんだから」

「どうりでバリエーションがすくないと思いましたよ」

「よしよし、現在《いま》のところはＯＫ」

「ぼくはＯＫじゃないけど」

瞠が異議をとなえる。

始が弁明した。

「すまない。しかし、うかつに霊体に手を出すと、君自身にも害がおよぶ。もうすこし待ってくれ」

「……わかりました」

瞠の表情がかたまった。彼の左右で金童と銀童が毛を逆立てる。

巨大なものが急接近してくる。否、物体《もの》とは呼べない。手に触れることはできない。人間はその存在を知ることも叶《かな》わない。瞠のように異常な資質と訓練と経験とを具《そな》えた人間でないかぎりは……。

金童と銀童が、そろって夜空を見あげ、警告の鳴き声をあげた。

「……上から⁉」

東京の夜空だから満天の星など望むべくもない。それでも今夜はよく晴れて、半月と幾つかの星が見える。それらがまるで黒いカーテンに描かれた模様のように揺れた。

夜空自体が裂けた。

白濁した光は、腐ったミルクさながらに地上へ零《こぼ》れ落ちた。あたかも、その現象に呼応するかのように、巨大都市の夜景は暗黒と化した。停電だけでなく、走行していた自動車のライトも、一瞬で消えつくした。

「やれやれ、やっぱりこうなったか」

憮然として、始は息を吐き出した。

「夜が明けるまでに、鬼門関から飛び出してきた奴らを処分して、関を閉ざさないとまずいぞ」

「もう充分まずくなってますよ。いっそ兄さん、このまま放っておきませんか」

「そうはいかんだろう。もう終が鼻を突っこんでいる。最初から関与しないならともかく、途中で放り出すのは無責任だ」

　続は微笑した。

「ぼくは兄さんのそういうところが……」

「うっとうしいか、すまんな」

「いえ、それじゃ行きましょう」

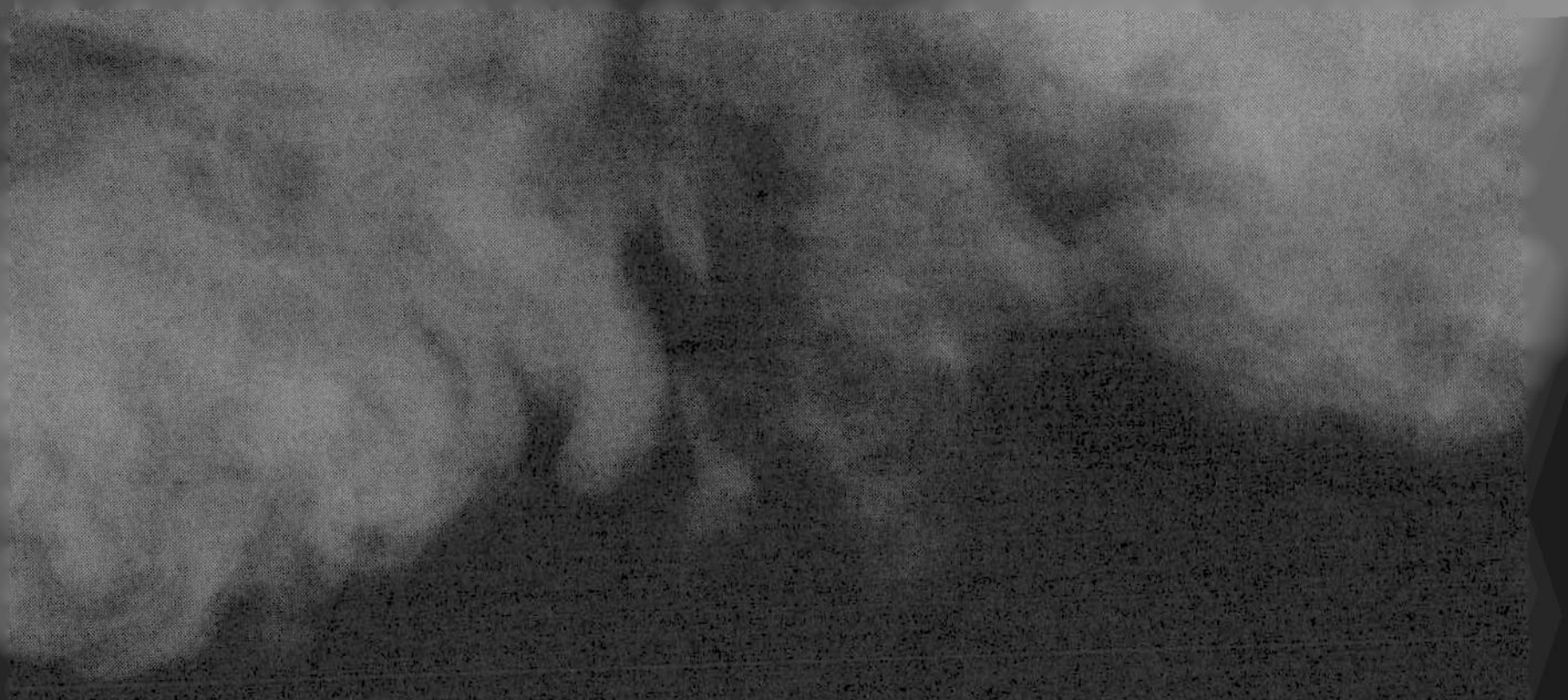

第四章　出陽関無故人《ようかんをいづればこじんなからん》

I

暗黒と化した邸内では、息子の肉体を乗っとった礒崎陽介が怒号を撒《ま》きちらしていた。

「予備電源の照明も使えんのか！　だれが侵入したのかもわからんのか、監視カメラはどうした！」

「そ、それが……」

警備員の声に恐懼《きょうく》の汗がにじむ。

「監視カメラが壊れましたようで……」

「チッ、高価《たか》いばかりで役立たずな。別のカメラは？」

「それが一度に全部、壊れたのです」

怒声をあびる寸前に、警備員は首をすくめた。

「そんなバカなことがあるか！　お前たち、きちんと点検してなかったんじゃないか」

「め、めっそうもございません。つい先刻《さっき》まで順調に作動しておりました」

「どいつもこいつも、役立たずどもが」

礒崎陽介は唾《つば》を吐かんばかりだった。

「何が日本私設警察《NPP》だ。顧客《おとくい》さまに不良品の警備システムを売りつけおって。あの社との契約は打ち切れ！」

警備会社をののしりながら、礒崎はスーツの内ポケットからスマートフォンをつかみ出した。礒崎の表情に険悪さが加わる。スマホのストラップに大熊猫《パンダ》の人形がぶらさがって小さく揺れていた。

「誠介の趣味だな。いい年齢《とし》をして何がパンダだ」

息子をののしって、礒崎はストラップをつかみ、無慈悲に引きちぎった。声を出さずに笑ったのは、自分（の息子）の握力に満足したからである。三〇年以上も若返ったのを実感した。

パンダの人形は床にたたきつけられ、靴底で踏みにじられた。

「どうせ中国の動物を選ぶなら、竜か虎にすればよいものを、パンダだと？　そんな覇気のないことだから……」

言いさして、礒崎は口を閉ざし、硬直している秘書に眼を向けた。専制君主の眼であった。その眼光に突き刺された秘書は、石化したように動けない。

（誠介の趣味……って、自分のことじゃないか。何でああも他人事のように話せるんだ）

一連の状況を唖然《あぜん》として眺めていた初老の男は、「やっぱり来るんじゃなかった」と後悔しつつ、何とか威厳を保とうと努《つと》めた。彼は保守党の総務会長である。礒崎家の秘書のひとりから悲鳴同然の電話を受けて車で駆けつけたところだった。礒崎陽介は、かつて彼の派閥の大物だったから放置しておけなかったのだ。

「どういうつもりなんだ、礒崎君は？」

懸命に平静をよそおいながら、総務会長は声を荒くした。

「温厚なのと礼儀正しいのが長所《とりえ》だと思っていたのに、夜中に自分の家に呼びつけるとは、まったく、思ったよりずっと大物気取りだな」

ひと呼吸おいて、さらにつづける。

「父親の悪いところだけ似て来るようじゃ、政治家として将来《さき》はないな」

深夜に呼びつけられた上に、礒崎家の邸宅が自分の家より豪華なので、総務会長の不機嫌は募《つの》る一方だった。そもそも、一介の無役の一年生代議士が総務会長さまを夜半に呼びつけるのが異常である。先代の陽介には億単位の大金を借用したし、東京地方検察庁《ちけん》の捜査から庇《かば》ってもらったし、さんざん世話になって、弱みも握られていた。だから今度は総務会長が誠介の世話をしてやらねばならない。それが政界の仁義というものである。だが、程度とか限度とかいうものがある。誠介の行為は、あきらかに度を超《こ》していた。叱りつけてやるのが本人のためだ。

「ああ、礒崎君か、若い人はいいね、足どりが軽くて、しかも力強い。羨《うらや》ましいな」

どうでもよい台詞を口にしながら、総務会長の眼は偽誠介の姿をとらえた。頭ごなしに怒鳴りつけようとして翻意したのは、本能的に、異様な違和感をおぼえたからである。

「で、何の用かね。悪いがあまり時間がないのだよ」

「すぐにすみます。じつは御報告すべきことがございまして」

「ほう?」

「じつはT県新三区の兼原先生が政界を引退なさることになりました」

「何⁉」

総務会長は、飛び出し加減《かげん》の両眼を大きく見開いた。蛙《かえる》のような表情になった総務会長を見返して、偽誠介は口の片方だけを吊《つ》りあげた。

「兼原さんが引退？　バカな、あの人は、つぎの党副総裁の有力候補なんだぞ！」

「そちらのほうも辞退なさるそうで」

「私は聞いとらん」

「私は聞きました」

偽誠介の顔に笑みが浮かぶ。相手を露骨に見下した顔面筋肉の動きだった。

「それでは、新三区の候補者はどうなるんだ。だれが次の選挙に出馬するんだ」

「ご心配なく。兼原先生はこの私、礒崎誠介を後継者に、と、そうおっしゃいました」

「党執行部の許可もなく、そんなことを、かってに決められると思うのか⁉」

総務会長は、かろうじて口調を抑制した。

「……君を信用しないわけではないが、重大なことだ。御本人に確認しなくてはならんな」

「よけいなことは、やめていただきましょう。面倒《めんどう》が増えるばかりだ。今夜だってそうだ。あんたに用などない。さっさと帰ってくれ」

偽誠介の口調は一言ごとに無礼に、ぞんざいになっていく。

息子の身体を乗っ取った礒崎陽介は、会う人ごとに威圧と恫喝をあびせかけていた。生前は、まさかここまで粗暴ではなかったであろう。息子の身体を乗っとって生き返る、と考えた時点で、錯乱したと思われるが、迷惑な話である。

「おれを甘く見ると、後悔することになるぞ」

「後悔だと？」

総務会長は咆《ほ》えたつもりだが、大きくもない声には恐怖がこびりついていた。

「私にこんなことをしておいて、党の公認がもらえるとでも思ってるのか。世襲政治家になれなくて、どうやって生きていくつもりだ。お前なんか、他に何ができるというんだ」

「いろいろできますよ。たとえば……」

総務会長は声も出せなくなった。誠介の手が総務会長のエルメスのネクタイをつかんで、強烈に絞めあげたからである。

暗闇の中で、竜堂兄弟の眼は、この安っぽい笑劇《ファルス》を白昼のように見すかしていた。感動を誘うような光景ではない。

「どうします、兄さん？」

「この件は終にまかせておこう。お前たちも手を出すな」

「ぼくは休養できるからかまいませんけど、大丈夫ですか？」

「大丈夫でなくなったら、おれが出る」

「ダメだよ、そんなの」

末っ子の余、十三歳が抗議の声をあげる。

「総司令官が自分で動くなんてなし。行くならぼくが行く」

「余は軽々しく動くな。だいじな身体《からだ》なんだからな」

「そんなの平等じゃないよ。逆差別だ」

余が跳《と》びあがったので、一瞬、長兄と眼の高さが等しくなった。

「だいたい始兄さんのほうが、だいじな身体でしょ。竜種の長《おさ》なんだから」

「そんなの、いつでも、お前たちに譲るよ」

「ダメだよ、始兄さんでないと」

「ありがとよ。ところで、続、おれたちのいた世界でも、人界と仙界があったよな」

「まだ他にもあったかもしれませんよ。ぼくたちが知らないだけで」

「こっちの世界には陰界《あのよ》があるんだよね」

「そうらしいな。おれたちのいた、もとの世界にもあったんだろうか」

「西王母さまは教えてくれませんでしたね。だいたい、世界と言っても、他の恒星系や銀河系はどうなっているんでしょう」

「もとの世界でも、この世界でも、人類は他の惑星にすら到達していない。況《いわ》んや他の恒星系なんて……」

「行けるとしても何千年も将来《さき》でしょう。だいたい人類がそこまで存続できますかね」

冷淡に続が言ってのけた。

「宇宙は膨張している。どこへ向かって？　もちろん外へ向かってだ。だとしたら、宇宙の外には何があるのか、終だって気になるんじゃないか」

「ちっとも」

決然として、終は断言した。

「そんなこと考えたって、腹はいっぱいにならないし、期末テストも戦争もなくなりゃしない。おれ、これでもムダは嫌いなの」

「学びて思わざれば則《すなわ》ち罔《くら》く、思いて学ばざれば則ち殆《あやう》し……なんて言っても詮《せん》なさそうですね」

続が笑った。ただし両眼は笑っておらず、瞠を見やる。

「終君より専門家に尋きましょう。どういう形で幕引きを図《はか》るんですか？」

続の視線が瞠を正面から射抜く。この人はすこし苦手だな、と、瞠は思った。息を呑《の》むほどの美形だが、辛辣な皮肉屋にも思われる。

「それ、おれも知りたいな、どうするんだ？」

まじめな表情で終が尋ねる。瞠としては、回答せざるをえない。

「陽介さんの霊を誠介さんの身体から追い出して、陰界に帰す」

「誠介――さんの魂は、君から引っぱがして、本人の身体に返すわけだな」

「そう、それで陰陽両界《いんようりょうかい》の秩序は回復される」

「簡単じゃん」

「言うだけならね」

「すまん」

「何だい、いきなり」

「お前いま怒ったろ、おれが簡単だなんて口走ったから。言いすぎて、ごめん」

　瞠はあわてて頭を横に振った。

「別に――いや、怒っちゃいないよ。それぐらいのこと簡単にできなきゃ、走無常だなんて、務まらない」

「たいへんだねえ」

　長男と末っ子が、同時に同じことを言った。

「それじゃ君はそれに専念しろ。妨害する群魔は、おれたちが引き受けた」

「ぐんま？」

「軍勢とは言えない。指揮官もいないし、戦略も戦術もないからな。だから仮に群れる魔、群魔と呼ぶことにした。文法的にまちがっているとクレームをつける奴もいないだろうしな」

「じゃあ、かたっぱしからかたづければいいわけだ。まかしときな」

　三男坊が嬉しそうに指を鳴らす。

「終君、始兄さんの言ったこと、理解してますか」

「敵に指揮官がいないってことだろ」

「逆に言えば、どういうことです？」

続が問いをかさねる。応じたのは末っ子だ。

「あ、ぼく、わかった！」

「言ってごらんなさい、余君」

「言ってもいい？　指揮官がいないから、かえって始末が悪いんでしょ？」

「はい、余君、そこまで」

続の視線が、下の弟から上の弟へ移動する。

「なぜ始末が悪いか、わかりますか、終君」

「ああ、わかったよ。指揮官がいれば、そいつひとりを斃《たお》せば勝ちだけど、いないとなると、全員をかたづけなきゃならない。かえって手間がかかる」

「そう、終の言うとおりだ」

始は三男坊の顔を立ててやった。

「何とか夜明けまでにかたづけないと、うるさいことになるぞ。蚊《か》の群れみたいなもんだ」

「イヤだなあ、その比喩《たとえ》。聞くだけで、痒《かゆ》くなってくる」

「刺される前に、やっつけちゃおうよ」

末っ子が積極的に言い放ち、兄弟四人は右に左に走り、跳《と》び、剣をふるって、異形の者たちを撃ち払った。

混乱のなかで、瞠は急に身体が自由になったのを感じた。誠介の霊体が消えている。混乱に乗《じょう》じて逃げ出したらしい。

「しまった！」

京が周囲を見まわし、見当《あたり》をつけて追いかけた。

「兄さん、地《ち》羊《よう》鬼《き》の腹から変な物が出てきましたよ」

「何だ？」

「新聞紙です。おやおや、文部科学省はいよいよ国立大学から文学部を廃止するらしいですよ。ムダ飯喰らいは要《い》らないということですね」

「学者や芸術家にムダ飯を食わせることのできない国は、先進国でも文化国家でもない。野蛮な後進国だ」

「始兄さんの持論ですね」

続の台詞に、終が反応する。

「つまり始兄貴にムダ飯を食わせろってんだろ」

「おれは単なる学校教師だ。学者でも芸術家でもない」

「おれ、どっちになろうかな」

「どっちって？」

「学者か芸術家のどっちか」

三人の兄弟は、それぞれ別の方角を向いた。視線を合わせたら笑い出してしまうだろう。

「まあ、その、何だ、時間はたっぷりあるし、やりなおす方途《みち》もいくらでもある。好きなようにしろ」

「何で明後日《あさって》の方角を見てるんだよ」

「何ということもありませんが、終君が芸術に興味を持っているとは思いませんでした。何を創《つく》って後世に遺《のこ》すつもりです？」

「これから考える」

と、終は胸をそらせる。

「不老不死とはいうが、それを証明できる者は誰もいない。まあ、普通の人たちに較《くら》べれば、ずっと頑丈にできてはいるがな」

始は肩をすくめた。

「宇宙が誕生してから一三八億年、だったかな。あと同じくらいはつづくらしいが」

始は闇を見つめた。

「おれたちの敵は、おれたち自身だ。長い長い生に耐えられるかどうか」

「宇宙が消滅するまで何億年も生きるということに、そもそも、どういう意味があるのか……」

「そうだな、いいこと言うじゃないか、続」

「いつか兄さんが言った台詞ですよ」

微妙な沈黙に、終の笑い声がつづいた。始は苦笑して終をかるく小突《こづ》く。続も笑って、話をつづけた。

「どのみち、宇宙の終末が来るときは、現在の人類はとっくに滅亡してますよ。気に病むだけ、時間とエネルギーの浪費《むだ》です。せいぜい地球に小惑星か隕石が衝突する可能性ぐらい心配してりゃいいんです。無益に思いわずらうこともないでしょう」

「おいおい、無益なことを考えなくなったら、人間は退化するぞ。大学から文学部を廃止するというのが、政府の方針だからな。文学とか哲学とか歴史学とか、国家経済には無要なものだ、という理由で」

「この世界？　それとも、ぼくたちがいた世界？」と余。

「うーん、どうだろうな。これだけよく似た世界だと、どちらでもありそうだ」

「ビッグバン宇宙論」においては、「無限」も「永遠」も存在しない。何百億年か何千億年か将来に、宇宙は消滅する。宇宙の温度が絶対零度になるか、宇宙が原子レベルまで引き裂かれるか、極小の一点に縮小して潰れるか……そしてその後のことは、だれも知らない。

「宇宙の最後ってのも見てみたいけど、人類の滅亡後の地球だけでも解明できないの？」

終の台詞に、始が頭《かぶり》を振る。

「すべての事象を人間が解明することは、ありえない。ひとつの謎を解けば、あらたにふたつの謎があらわれる」

「際限《きり》がないね」

余が言いながら、脚にすり寄ってくる銀童をやさしく抱きあげた。

「人類が亡びたって謎は残る」

「どんな謎？」

「人類はなぜ亡びたか」

余が身を乗り出した。

「その謎を解くのは、だれ？　異星人？　それとも進化したネズミかゴキブリかなあ」

「そら、また謎がひとつ増えましたよ」

「ほんとだね」

「何百万年か経《た》って、終君の化石をゴキブリ人が掘り出して博物館に展示する、という光景を想像すると愉《たの》しいですね」

「何でおれの化石なんだよ」

「ＳＦコミックのラストシーンみたいだね」

悪気なしに余が感心する。

「考えてみると、人間以上の存在を想定するという一点で、ＳＦと宗教との間には親和性があるな」

「じゃ、おれたち、ＳＦの登場人物？」

「まちがえるな。以上と言ったんだ。以外とは言ってない」

始は、弟たちが、自分は選ばれた特別な存在だと傲《おご》ることを許さない。末弟の余が発言した。

「あの、ぼくたち宗教に関与してるじゃない」

「何でだよ」

「だって、ぼくたち、貧乏神教の信徒でしょ」

「ああ、そうだっけ」

「自分で言っといて、忘れないでよ」

「いいだろ、おれ、もう貧乏神教やめるから。何せ御利益《ごりやく》がありすぎてさ。信心深いってのも考えものだな」

「はい、そこまで」

　次兄の続が、冷たく弟たちの会話を制した。

「まず人間が生きている間のことをかたづけましょう。この世界のことをさっさと始末して、つぎの世界で炎帝を捜さなくては」

「確率一〇億分の一だね」

「さあ……こちらが動いているのと同様、相手も動いてるだろうからな。行き違いは、いくらでも発生しえる。逆に、突然ばったり出会う可能性もゼロじゃない」

「要するに、イキアタリバッタリってわけだ」

「言語表現には気をつけましょうね、終君」

　続の手が終の肩をかるくたたき、終はうなり声をあげた。

Ⅲ

「歴史家と理論物理学者は、見てきたような虚言《うそ》をつく」

「おや、うがった台詞を吐くじゃないか。だが口より先に手を動かしたほうがいいぞ。あたらしい奴らが出てきたからな」

たしかに、上半身が人間、下半身が蛸《たこ》といった体《てい》の影がいくつもうごめき寄って来る。

「心得た。でも、こいつ、地羊鬼じゃないの」

「撲死鬼《ぼくしき》だ。こいつは、もっと性質《たち》が悪いぞ」

始が説明する。

「人間の死体が大好物なんだ。おまけに、鳥や羽虫に変身して家の内部《なか》へ入りこむ」

「そんな奴まで出て来なくていいのになあ」

「正言ですね。ついでに終君、彼らの前に往《い》って説得してらっしゃい」

「いやだよ、自分でやったら？」

「絶代の麗人なら、ぼくの担当ですが、こういうグロテスクなのは、終君の領分です」

「次兄横暴！」

「ほら、つまらない文句を言ってるから」

「あっ」

終が向きなおらないうちに、余が飛翔していた。羽竜霊剣《うりゅうれいけん》をまっすぐ突き出すと、同時に相手の打撃から身をかわす。撲死鬼は胸から背中まで黄金色の光でつらぬかれ、咆哮を放って砕け散った。

「いいぞ、余、よくやった」

「このていどなら、何てことないよ」

「負けてられませんね」

泰阿《たいあ》の聖剣が暗黒の裡《なか》で虹を描くと、三体の地羊鬼が一瞬に両断された。人間らしい形状が塵《ちり》となって飛散し、内部の木片や石片が闇の底へ落ちていく。

純鈞《じゅんきん》の宝剣が暗黒の裡で流星となって閃くと、またも数体の地羊鬼が右へ左へと斬り倒され、木片や石片が散乱する。

「何だよ、数ばかりじゃないか。もうちょっと手応《てごた》えのある相手はいないのかよ」

終が不平を鳴らす。呼んだわけでもあるまいが、彼の前方に人影が出現した。右手には、見るからに重そうな大剣をつかんでいる。

「ほう、魚腸《ぎょちょう》の剣か。その剣を持つ者は天地の理に背《そむ》き、順逆《じゅんぎゃく》の倫《みち》に外《はず》れる、という。つまり……」

始が三弟《さんてい》に声をかける。

「終、弓を使ってみるか」

「いいね、弓、貸してくれよ」

終が喜々として敵の前で剣をしまう。始がどこからか忽然《こつぜん》として騎兵用の弓を取り出した。

瞠は名前どおり眼をみはった。

「その弓は？」

「烏号《うごう》というんだ。八〇〇〇年前に黄帝《こうてい》が使っていた弓で、これを使えば、普通の矢でも悪鬼邪霊を射殺すことができる」

始の指が弓の弦を弾《はじ》くと、張りのある涼しげな音がした。

「この世界でも、たぶん通用するだろう」

始が放り投げた弓を、終はかるく受けとめたが、不審そうな表情で長兄を見返した。

「弓だけじゃしようがない。矢もくれよ」

「お前の霊気《アウラ》を矢の形にして飛ばすんだ。簡単だろ」

「簡単だけど、霊気《アウラ》が減るなあ」

「腹いっぱい食った後で言う台詞か。すこし食後の運動でもしろ」

「はいはい、わかったよ」

終は弓をかまえ、弦を引いた。黄金色のかがやきが矢の形をとる。終が手を離すと、一瞬の後、重いものが倒れる音がした。

「まったく、あいつは戦闘術の天才だな」

始が感歎のつぶやきを発した。

「試技をして見せたわけでもないのに、説明を一回聞いただけで、あの名人芸だ」

「炎帝に出会ったときには、終君に相手の眉間を射ぬいてもらいましょう」

「何百年将来《さき》のことになるかわからんが」

年長のふたりが語りあっている間にも、終の弓術の餌食となった異形の怪物たちが、みるみる数を減らしていく。

終は烏号の弓をおろすと、余をかえりみた。

「余、ちょっとやってみろ」

「兄さんは、もういいの？」

「簡単すぎて、もう飽きた」

終が弟に弓を放る。受けとめた余は、長兄と次兄を見やった。始と続がうなずくと、余はひと呼吸して弓をかまえた。弦を思いきり引きしぼり、霊気《アウラ》の矢を放つ。黄金の光線が闇に吸いこまれ、悲鳴があがった。

「ほら、ぼくだって」

「うん、えらいぞ」

「ずいぶん手を焼かせてくれたな、孺子《こぞう》、だがもうお遊びの時間は終わりだ」

それは偽誠介の声だった。彼にしたがう男たちの手には、木刀やブラックジャックやスタンガン、それに懐中電灯などがあった。昆虫の複眼に似た赤外線ゴーグルを装着した者もいる。

「やあ、そろってやられに出て来たな」

「おいおい、殺すわけにはいかんぞ。人間だからな」

「わかってるって。ちょっと躾《しつけ》をしてやるだけだよ」

「お前に躾をされるんじゃ、あの連中もさぞ不本意だろうなあ」

漆黒の闇の中、自分たちは光源を持っているが、侵入者たちは持っていない。思いきり痛めつけてやる――そう考えて舌なめずりしていた警備員たちは、闇の中で不本意きわまる事態に陥《おちい》った。気づいたときには、少年の跳《と》び蹴りで三人が口から胃液を吐き出して広い床の上にころがっている。

「あらあら、まだやってるの」

女性の声だ。瞠は頭をかかえたくなった。京までもどって来たらしい。登場人物総出演だ。

「その子、余君だったわね？」

「そう、終君の弟で……」

瞠が言い終えるより早く、余は頭を下げた。

「あらためまして、竜堂余と申します。いつも兄がお世話になっております」

「何がいつもだ。今夜が初めてだぞ」

京は余の全身をたっぷり観賞して、意味ありげに笑った。

「うん、五年後が愉しみだなあ。でも、現在《いま》はまだお子さまランチね。早くお兄さんたちみたいになってね」

「ぼくだって、なりたいんだよ」

めずらしく憮然として余がつぶやく。兄弟の差は、それこそ永遠に縮まらないのだ。

「京姉さん、よけいなことはしないでよ？」

「ゴアイサツね。最後の幕引きよ」

闇をすかして見れば、京の片手には大きな綿菓子がある。と見えたのは、誠介の霊体だった。京は、右往左往していた誠介の霊体を、彼の肉体がある場所まで引きずってきたのだ。

「さあ、誠介さん、早く自分の身体にもどって！」

「やめろ、誠介、これはもう私の身体だ」

「あんたはさっさと出ておいき！」

京がポケットから小さな瓶を取り出し、蓋《ふた》をあけると、中身の液体を偽誠介の顔に勢いよく振りかけた。「わッ」と偽誠介が顔をおおったときには、すでに遅し、大きく開いた口から黒く汚れた霊気《アウラ》のかたまりが飛び出してくる。

陽介の霊体は執拗《しつよう》に息子の身体にもどろうとする。白っぽい汚れた気体を、終が七星宝剣《しちせいほうけん》で一撃すると、霊は狼狽《ろうばい》するように四散した。だがすぐに一体化し、天井の隅や家具の蔭に隠れて、救命的な斬撃から逃れる。

「ああ、もう、際限《きり》がないな」

終が、いまいましげに歎《なげ》いた。忍耐力や包容力を養うには、まだ修行が必要なようである。

「そうだ、いいこと思いついた」

終の脳裡で電球が光った。

「瞠、掃除機持って来いよ」

それだけで瞠は終の思案を理解した。陽介の霊を掃除機に吸いこんでしまおうというのだ。

余は当惑して兄を見やった。

「そんなもの、どこから持って来るの？」

「どこからでもいいさ」

そのとき音がした。

じゃらん。

「ん、何の音だろ」

じゃらん。

金属製の物体が鳴りひびく音である。ずるずると地面を引きずられているようでもある。凡人の眼には識別できない暗黒の裡《なか》で、陽介の霊体がアメーバのように伸縮した。

「あ、あれは……」

「わかってるよね、何の音か」

瞠は意地悪く言ってやった。

じゃらん。

「鎖の音だよ。陰界の鎖の音だ。お迎えが来たんだよ」

今度は物が倒れる音。陽介の霊体が飛び出したので、空《から》になった誠介の身体が床にころがったのだ。その場に陰曹官《いんそうかん》がいるはずだが、姿はまったく見えない。陽介の霊体の声は明瞭だが、恐怖と敗北に満ちていた。

「やめろ、やめてくれえ、私は死にたくない」

「あんたはもう死んでるんだよ」

そっけなく終は応じて、瞠に声をかけた。

「おい、このおっさん、さっさと成仏させてやれよ。それが本人のためだ」

「成仏か。仏になれるかな。ま、陰界での裁判しだいだけど、陰曹官たちの心証は、すごく悪いだろうね」

気の毒そうな演技をする気にもなれず、瞠は桃の材《き》でつくられた杖を伸ばし、陽介の霊に向けた。たちまち霊の形がくずれ、輪郭がぼやけ、邪気が薄れてゆく。

「急《きゅう》 急《きゅう》如律令《じょりつりょう》！」

瞠の声が朗々とひびいた。

Ⅳ

「うわあああッ」

陽介の悲鳴がとどろいた。誠介の身体から追い出された霊体は、伸縮し、ゆがみ、跳ね、ころがった。強烈な苦痛と恐怖が霊体をつつみ、罰を加えているようだ。陰界から逃亡しただけでなく、生きている息子の肉体を乗っとる。陰界における最大級の重罪である。面子《メンツ》をつぶされた陰曹官たちは、たぶん私憤もまじえて、陽介の霊体に懲罰をくれてやっているようだった。光のない暗黒の裡《なか》の出来事だったが、たとえ白昼の光景であっても、普通の人には状況が理解できなかったであろう。白いガス状のものが群らがって伸縮しているだけにしか見えなかったにちがいない。

「放せ、私は生まれ変わって総理大臣になるんだ！」

陰曹官たちは、陽介の喚き声に無言で応え、その霊体を床から浮上させた。暗黒の世界の一部に、わずかに明るい円形の通路が開き、陽介の霊体はそこへ吸いこまれていく。

「行くもんか。行ってたまるか。私にはやらねばならんことが、いくつもあるんだ。だれか他の奴をつれていけ！」

礒崎陽介の霊体は、普通の人間には聞こえない波長で罵《ば》詈《り》讒《ざん》謗《ぼう》を喚きちらしながら、しだいに陰界へと遠ざかっていった。

怪異な喚声が完全に消えてしまうと、終と瞠は視線を合わせて、何となく笑った。泣くより笑うほうがふさわしい結末ではあった。

「やれやれ、あの調子じゃ、陰界へ行っても地獄へ直行だな」

「脱走の罪もあるからね」

皮肉をむき出しに、続が兄に語りかける。

「それにしても、たいしたパワーですね。生きているうちに、あのパワーを善い方向に使っていたら、死後、一万円札の肖像になれたかもしれないのに」

床の上には誠介の肉体だけが残された。後援会員が「死体だ」と騒ぎ出し、警察を呼んで捜査が始まるだろう。竜堂兄弟が関《かか》わるべきことではない。

「終、お前は友人を助けてやろうと思ったらしいが、結局、事態をかきまわして、最悪の結果をもたらしただけだったな」

「さ、最悪じゃないだろ、陽介おっさんの霊は、ちゃんと陰曹官が陰界につれていったし、誠介さんの身体には、ちゃんと霊が——」

「もどってないんだな、それが」

ひとつ溜息をついて、始は親指で京の姿を指《さ》した。京の手には、大きな綿菓子状の霊体がつかまれたままだ。

「あっ、誠介さんの霊だ。まだ自分の身体にもどってなかったの？」

「すみません」

「あやまらなくていいから、さっさともどりなよ。口からでも耳の穴からでも……」

「すみません、私、もどりたくないんです」

「えっ、えっ⁉」

「私、生き返りたくないんです」

終は啞然として自分が口を開き、瞠もそれに倣《なら》った。生き返りたくない、という人間が存在するとは思わなかったのだ。

「どうするの、京姉さん」

「どうもこうも、本人を説得するしかないでしょ」

京は形のいい眉をしかめた。

「永遠というわけにはいかないわよ。まあ、一〇〇年か二〇〇年で力を費《つか》いはたして消えてしまうでしょ。きちんと陰界に行って成仏したほうが気楽だと思うけどね」

誠介の霊は、京の忠告を肯《うべな》わなかった。

「かまいません。どうせ私なんぞ、陰界に行ったところで何もできやしませんからね。一〇〇年も二〇〇年も、陽界《このよ》にとどまって世界の変転を見物していけるのだったら、そのほうがよほどありがたいです」

「……しようがないなあ」

京は髪を軽くかきまわし、誠介の霊体を見なおした。

「ま、そこまで言うんだったら好きになさい。どうやら本気らしいし」

「あ、ありがとうございます」

「ただし、うかつに動きまわると、霊感を持った人に視《み》られちゃうからね。気をつけて、くれぐれも都市伝説の種にならないようにしてよ」

「もちろん、気をつけます。私、じつは日本がＳＴＥＭ《ステム》社会に変化するのを見とどけたいんですよ。それでは、皆さん、どうかお身体に気をつけて、長生きなさってください。失礼します」

音もなく霊は消え去った。

残された者たちは、何となく、疲労感と安堵感をないまぜた感情につつまれて息をついた。

「ま、悪い人じゃなかったよね」

「つくづく、政治家には向いてなかったな」

終はこれでも褒《ほ》めたつもりである。続は兄を見やって問いかけた。

「あれで幸福なんでしょうかね」

「おれたちが、とやかく評することじゃない」

始は苦笑を禁じえなかった。誰も彼もいなくなって、「あたらしい選挙区」がどうなることやら、観察してみたい気もするが、何の意味もないことだ。

「『宇宙は限りなく広くて涯《はて》がない』ってことですませておきゃよかったんだよ。どうせ人類は銀河系の外まで赴《い》けっこないし、どんな形で宇宙が終焉したって、それを防ぐことはできないんだからさ」

始は考え深い瞳を弟に向けた。

「人間ってのは、よけいなことをせずにはいられない生物なんだ。というより、人間のやっていることの九割は、よけいなことだ。自分たちで地球を汚染しまくって、自分たちでいやいや掃除をはじめてる……」

始は口を閉ざした。正確には人間とはいえない自分が、TVのニュースショーでえらそうなコメントを連発しているタレント文化人のように思えたのだ。

「じゃ、おれも掃除の始末をしてくる」

お説教が再開されないうちに、すばやく終はその場を離れた。いつのまにか、闇の各処に灯がちらついている。異界由来の暗黒が去って、普通の夜にもどったのだ。

V

「誠介さん、ＳＴＥＭ《ステム》だって言ってたなあ」

終が頭をかいた。兄弟たちのように冑を着けていないからできることだ。

「科学《サイエンス》、技術《テクノロジー》、工学《エンジニアリング》、数学《マセマティックス》でＳＴＥＭか。何だかありがたい呪文みたいだな。でも、うちの上の兄貴に言わせると、絶対に成功しないってさ」

「どうして？」

「いちばん大事な文字が抜けてるって」

瞠が黙然と考えこむと、終は五秒も経たずに自分で答えた。

「Ｐだよ」

「Ｐ？」

「哲学《フィロソフィ》の頭文字さ」

「ああ、なるほど」

言われてみれば、たしかにそういう気もする。哲学というと小むずかしいが、「何のためにそれをするのか」と考えることだ。

「ＳＴＥＭにＰがついていようといまいと、おれの知ったことじゃない——と言いたいところだけどね。上の兄貴は言うのさ、『Ｐ抜きのＳＴＥＭが行き着く先は核兵器だ』、ってね」

「マンハッタン計画だね」

　一九四〇年、第二次世界大戦の初期にアメリカ合衆国が発動し、四二年から具体化された核兵器製造計画だ。翌年、ニューメキシコ州ロスアラモスの砂漠のど真ん中に、広大な秘密研究所が建設され、世界から優秀な科学者が集められた。彼らは研究所の外に出るのを禁止され、厳重な警備と監視の下、真剣に熱心に誠実に研究をつづけた。

　一九四五年、彼らの労苦はみごとに結実した。七月一六日、おなじニューメキシコ州のアラモゴードで人類史上最初の原子爆弾が爆発する。実験成功から一ヵ月もたたぬうちに、それは実戦に使用され、ヒロシマ、ナガサキという二つの都市で三〇万人以上の地球人が殺戮《さつりく》された。

　原爆の「効果」を知ったＡ・アインシュタイン、Ｊ・Ｒ・オッペンハイマーらの天才的科学者たちは激しく後悔し、反核平和運動にたずさわった。

「だけど、もう遅い。広島と長崎で何十万もの人が亡くなった……いや、まだ遅くはないのかな。いまのところ、他の場所では使われてないから」

「ヒロシマ、ナガサキに原爆が投下されたことまで同じかよ。そこまで似なくたっていいのにな」

　終は腕を組み、ほどき、ふたたび組んだ。強大な霊気《アウラ》につつまれているので、そうは見えないが、あんがい途方に暮れているのかもしれない。瞠は、この同い年の少年に、すこし意地悪な台詞を言ってやりたい気分になった。

「で、これからどうするつもり？」

「うーん」

「考えてないのかい」

「いや、いま考えた。というより思いついた」

どこまでもめげない奴だな、と、瞠は思ったが、終のつぎの一言でさらにおどろいた。

「なあ、親友」

「親友⁉」

「何おどろいてるんだ。おれたちもう親友だろ」

終が不思議そうな表情をする。京が、くすりと笑った。

「……瞠、あの子は何？」

「友達だよ」

「へえ、珍しいの、あんたが友達をつれて来るなんて……もしかして女の子？」

「男だよ！」

そのような会話を、京と瞠が交したのは、まだ夕方のことだ。竜堂終をどう紹介したらよいか迷った末、無難に「友達」と告げたのだが、どうやら数時間で「親友」に昇格したらしい。ずいぶん簡単に昇格したものだが、瞠は不快に感じたわけではなかった。むしろ、これから長く交際したくなっていた。ただし、終は瞠にとって別世界の存在であり、たぶん夜明けまでにはこの世界から去ってしまうであろう。

「君、つぎはどの世界に行くんだ？」

「さあ、どこかな」

終は不安の欠片《かけら》も感じさせず、ノンシャランに応じた。

ほどなく竜堂家の四人兄弟は、京と瞠の前に列《なら》んだ。終も白い甲冑姿にもどっている。ブルゾンやスラックスを返すとき、きちんとたたんで礼を述べたのは、竜堂家の躾《しつけ》なのだろう。

始が京に向かって頭を下げた。

「お世話になりました」

「いえ、とんでもない。甥のミッションを輔《たす》けていただいて、御礼を申しあげます」

殊勝な台詞を口にして、京は頭を下げた。瞠もそれに倣《なら》う。顔を上げると、終と視線が合った。終が笑って、片眼を閉じてみせる。瞠も笑顔を返した。たった数時間でも、二度と遇《あ》うことがなくても親友である。

「ありがとうございました。では、これで失礼いたします」

「じゃな、親友」

一瞬にして、四人の姿は、「二人の女王《ツー・クィーンズ》」の店内から消失した。日常どおりふたりの空間にもどった。人工知能《AI》が理解できない理由で、瞠も京も、いつもの空間をやたらに広く感じた。

「終君たち、どこへ行ったんだろう」

「さあね」

もったいをつけて、京が眼鏡を押しあげる。

「つぎの別世界じゃないかな。いえ、案外この世界のどこかを、何喰わぬ顔で歩いてるのかもしれないわね。ニューヨークか、上海《シャンハイ》か、サハラ砂漠か……」

チリンチリン。店の扉口につけたベルが涼しげな音をたてる。まだ開店の時刻ではないが、自称「商売第一」の京が扉に向かった。

「はい、いらっしゃいま――何だ、伯父《おじ》さんか」

「大伯父さん⁉」

入店してきたのは白髪の高齢男性だった。一九三〇年代とおぼしき古い型のソフト帽をかぶり、鼻の下には白い口髭《くちひげ》。中背で、手にしているのはイギリスの田舎《いなか》で買ったステッキだ。

「やあ、今日も客がおらんな」

「昨日、来てほしかったわよ。今日は今日でまだ開店時刻じゃないしさ」

「子会社として連結決算してるからいいようなものの、一度でいいから、この店単独で黒字決算になるのを経験してみたいものだね」

「元気で長生きしてね、伯父さん」

「やれやれ、二二世紀まで生きさせるつもりかね。このごろ血圧も血糖値も高めで、医者から甘いものや酒を制限されとるんだ」

「あら、じゃ紅茶でも……」

「カフェインも禁じられとる」

　京が愉しそうに笑った。

「それじゃ、伯父さん、生きてる甲斐がないでしょ」

「失敬なことを言うな。わしゃ、お前さんたちが一人前になって、全世界の走無常たちの頂点に立つ日まで、眼が黒いまま生き長らえてやるんじゃから」

「まあ気長に待ってちょうだい。瞠、伯父さんに椅子を」

　瞠が運んで来た、背もたれのない木椅子に腰をおろすと、大伯父さんはステッキを膝の上にのせた。

「昨夜は、なかなかにぎやかだったらしいな」

「何でもお見とおしね。かたづいたからご安心を」

「政治家が相手か」

　伯父さんは金童と銀童を足もとにじゃれつかせながら、

「また政治家だとさ。瞠も飽きたろう」

「いえ、そんなことはありません」

「しかたないわよ。政治家って業《ごう》が深いからね。いったん権力のウイルスに罹患《りかん》したら、死ぬまで、いえ、死んでも完治しなくて、冥府《めいふ》の迷惑者になるの」

「罹患しない人もいるだろう?」

「そういう人たちは、あたしたちの仕事とは関係ないの！　後腐《あとくさ》れなく成仏してくれるからね」

たしかに京の言うとおりで、瞠としては、抗弁を断念してうなずくしかなかった。大伯父さんはうなずいてみせて、スーツの内ポケットから出した紙片を京に手渡す。

「瞠、瞠、またカモ――じゃない、仕事の依頼が来たわよ」

「誇りあるカモかあ」

「何か言った？」

「何も。今度の出張先はどこ？」

「四国よ。はじめてでしょ？」

「うん」

「仕事ついでに、讃岐《さぬき》うどんをバケツ一杯食べておいで」

京はスラックスのポケットをまさぐり、一万円札を取り出して瞠に手渡した。

「はい、うどん代」

「こんなに要《い》らないよ。それに、このお札、始さんにもらったものじゃないの？」

「始ってのは誰かね？」

京は伯父さんの質問を無視して、上半身全体で溜息をついた。

「そうなのよねー、額《がく》に入れて飾っておきたいところだけど、ナンバーが同じお札なんて、さっさと他人に廻したほうがいいし、実らぬ純愛は、きちんとかたづけるべきだもんね」

「純愛……ね」

まだまだ京姉さんには勝てそうにないな。修業を積まなくては……。

店の出入口の扉を開けて、ノブにかかった木札をひっくりかえす。〝CLOSE〟が〝OPEN〟に変わったのを確認した。視線をすこし遠くへのばすと、赤白ダンダラの天才漫画家の家の上方に、碧々《あおあお》と晴れわたった秋の空が展《ひろ》がっているのが見えた。

一夜の親友と彼の兄弟たちは、いまごろあの碧空の彼方で、あらたな旅を始めているのだろう。

足もとにまとわりつく金童と銀童をあしらいながら、瞠は静かに扉を閉めた。

参考資料

『中国古典文学全集20』 平凡社

『千年王国の惨劇　ミュンスター再洗礼派王国目撃録』ハインリヒ・グレシュベック著／C・A・コルネリウス編／倉塚平訳／平凡社

『地獄の辞典』コラン・ド＝プランシー著／床鍋剛彦訳／講談社

初出

走無常　『Amie』１９９７年２月号

走無常２　緑毛鬼　『「田中芳樹」公式ガイドブック』１９９９年６月刊行　講談社文庫

走無常３　役鬼咒　小説現代五月増刊号「メフィスト」２００５年

走無常４　偸尸怪　小説現代五月増刊号「メフィスト」２００８年

走無常５　天怪地奇人妖　書下ろし

田中芳樹（たなか・よしき）
1952年熊本県生まれ。学習院大学大学院修了。1978年『緑の草原に……』で第3回幻影城新人賞を受賞しデビュー。1988年『銀河英雄伝説』で第19回星雲賞、2006年『ラインの虜囚』で第22回うつのみやこども賞を受賞。
代表作に『銀河英雄伝説』『創竜伝』『アルスラーン戦記』『岳飛伝』など。
新刊・既刊の詳細は、ホームページを参照。http://www.wrightstaff.co.jp/

走《そう》無《む》常《じょう》

第一刷発行　二〇二四年二月一三日

著者　田《た》中《なか》芳《よし》樹《き》

発行者　森田浩章

発行所　株式会社講談社
〒一一二-八〇〇一
東京都文京区音羽二-一二-二一
電話　出版　〇三-五三九五-三五〇六
　　　販売　〇三-五三九五-五八一七
　　　業務　〇三-五三九五-三六一五

本文データ制作　講談社デジタル製作

印刷所　株式会社KPSプロダクツ

カバー印刷所　千代田オフセット株式会社

製本所　株式会社国宝社

N.D.C.913 287p 19cm　ISBN 978-4-06-531589-7

KODANSHA